幻影歌劇 -Komische oper-

END

-夜之頌-

米川明
烏綠

Since 1743

CONTENTS

Komische oper.

- Komische Oper -

Achte Aufzug : Hymnen an die Nacht

Act Eight
夜之頌

Achte Aufzug：Hymnen an die Nacht

夜之頌　第一章

在一個壞透了的雨夜裡，說書人喝了一杯白蘭地後，躺在投宿旅館的靠窗床鋪上，聽著雨滴打在窗戶，進而發出富有節奏且激烈的聲響入睡。

外頭下著令人討厭的大雨，一陣瀰漫於空氣中，有霧而寒冷的顫慄氣息，悄悄從窗戶隙縫流進了屋裡。

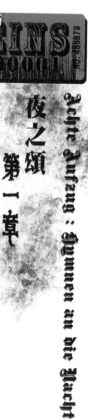

經過一段沉靜的時間，說書人耳邊殘留的雨聲漸漸變小，當他的知覺完全消失後，夢境中呈現的卻是最後一次見到齊格弗里德的回憶畫面。

應魔鬼召喚而來的散亂花瓣伴著陰風，飄散於黑暗無光的洋館，並且隱隱生光。空氣中蕩漾著青色的光焰，它們跟著穿著深黑裝束的男人身影歪曲搖晃，然後發出一種焦灼的腐屍氣息。

說書人感到頭暈，即使覺得不舒服，仍然強迫自己看清眼前的景色。

他蹣跚地走著，步伐相當不穩，但是說書人心中閃動一個頑固的念頭，他想看見背對自己的男人相貌。在那之前，一道足以凍死人的陰風伴著男人轉身，強迫地壓制說書人的行動。

「再見，施洛德……我們不會再見面了。」

「齊格弗里德，等等，不要走！」

說書人清晰地聽見男人的聲音，他試圖伸手抓住任性妄為的金髮男人的肩膀，卻在下一秒被男人冰冷的手握住，一切宛如一場可怕的夢魘。

他叫了起來，同時想把手收回去，但是齊格弗里德卻緊捏他的手不放。

當他用力掙脫，男人的影像以及狂風的觸感，通通都在這時候消失。

說書人醒來，聽見雨聲敲打玻璃窗的聲音，比起先前失控的雨勢已有漸緩的現象，只是這場雨實在太吵了，原本他只想安安靜靜睡個覺，現在是一點心情也沒有了。

他坐起身，將敞開的窗戶扣上，接著精神疲憊地撐著額頭，回想那段令人厭惡、卻又從未如此驚恐萬分的夢。

說書人心緒不安地穩住紊亂的呼吸，不瞭解自己怎麼會做這種該死的夢，而且還夢到齊格弗里德……那場如幻似真的夢境，令說書人感到疲憊卻不能入睡，看來，他又要度過一個讓人心慌意亂的夜晚了。

他坐在床上，看著窗外滴落的雨水，在風中飄晃的樹葉，以及倒映在玻璃窗的自己。說書人沉默地想像著已逝的夢境，驅使他的動力，則是腦中不斷出現的齊格弗里德身影。

儘管他付出了代價，換取至親的救贖，他卻始終感覺空虛，心中好像欠缺了一處永遠也填補不了的傷口。

唯一令說書人覺得幸運的是，終於找回了自己的本性……雖然有點遲，但是他不想再令那些為他而死的人傷心。

說書人在闃寂無聲的夜裡回想過去，打從齊格弗里德黯然消失在他面前之後，已經過

了半年。

其實對說書人而言，這段時間說長不長，說短也不是很短。大致來說，半年足夠讓被凜冽寒風吹襲的城市，迎來萬物重生的春曉，再感受仲夏烈焰的驕陽。

他不像過去那樣頭腦冷靜，意志堅強地觀察這個世界，不但日子過得渾渾噩噩，還一再懷念過去與齊格弗里德玩遊戲互鬥的時光，彷彿那個從自己面前逃走的魔鬼一消失，他的生命信仰也跟著不見了。

回想那場充滿記憶的夢境，傾頹的門宅牆垣，腐敗的花香，以及男人掛在臉上的虛弱笑容……自從那一夜分別之後，他與齊格弗里德宛如受詛咒般分隔在世界的各一端。

過去隨著兩人一次次的分離與相聚，這種不斷的循環，早已讓說書人習以為常，甚至認為就算他走得遠遠的，齊格弗里德也能夠找到他，因為那傢伙總是學不會什麼叫做放棄。

可是他沒想到那傢伙居然逃走了，還逃得不留痕跡，讓他不知從何找起。

說書人深嘆口氣，無法適應這個突如其來的離別。自從他遇見齊格弗里德，似乎注定一生都要在漂泊中度過，甚至從那個夜夜不斷來騷擾他的夢裡，他可以感覺到冷風與玫瑰花瓣同時撲上臉頰的真實觸感。

每次當他回想自己在死亡的瞬間，與齊格弗里德立下契約，他便帶著悲傷與憤怒，以及深刻的矛盾面對這個魔鬼，希望有朝一日脫離對方血之契約的掌控。但是等到他對齊格弗里德的感覺，從最初的厭惡到習慣有這人的存在後，他的心願卻諷刺的在這時候實現。

說書人靠在枕頭上，像是想拋開一切煩悶心事般緊閉眼睛，試圖繼續入睡。不過他曉得，吸引自己入睡的主因不是疲憊的睡意，而是夢境的延續。

故事一旦開始，就沒有所謂的停止。他與魔鬼也是一樣，總有一天他會找到齊格弗里德，把自己心中的疑惑解開。

早上七點鐘，科米希城裡的教堂鐘聲，宛如報時般規律地響著。

Achte Aufzug: Hymnen an die Nacht
夜之頌・第一章

天空染上一層沉悶陰鬱的灰藍色，烏黑的雲朵從天際一角伸張過來，沒過多久，太陽從雲朵裡散射出金黃色的微光，將人們所說的壞天氣預言徹底摧毀，照耀著被昨夜一場雨打濕的大地。

說書人走在城裡，提著沉重的行囊，在城裡熱鬧的市集中，緩緩走向沒有盡頭的漫漫長路。他眺望遠方的街景，往昔回憶遊走在他腦海，出現的盡是與魔鬼交手的各種畫面，他心裡五味雜陳，悲喜交集，感覺不到自己臉上的神情陰鬱無力，即使感覺到陽光炎熱逼人，他的內心依舊寒冷得猶如置身雪地。

他望著陰暗的天空，看著熱鬧的市集景象，發覺什麼都沒有改變。不過，當魔鬼消失在這座歌劇之城，這裡變回原有的平靜……不，也許變的只有他一個人。

沒有魔鬼存在的人類社會，應該是他要的寧靜，只是說書人感到自己與這座城市格格不入。他說不上什麼地方不對勁，總之魔鬼與說書人之間的故事，不應該就這樣結束。

說書人深吸口氣，跨開腳步，展開今日的旅程。

他走進人群的時候，太陽又躲到雲後面去了，但是這無礙於市集的發展，因為根本沒有人注意天色的變化，只要別下雨就夠了。

初夏的街道布滿人群，繽紛的色彩對說書人來說，有些刺眼而沉重。他不經意的轉開視線，發現一個不起眼的攤販。他走了過去，看見幾十隻不同種類的鳥兒，聚集在一個穿著暗色長袍的男人身邊。

鳥兒發出悅耳輕靈的歌唱聲，圍繞著男人翩翩飛舞，那種特殊的景象傳達出一種很自然的感覺，與其他攤販那種油膩的市井氣息截然不同。

說書人冷漠地看著男人，像過去那樣冷漠旁觀世上眾生的眼光。他發現男人坐在僻靜隱蔽的角落，頭上戴著兜帽，看不見臉，只露出深膚色的下巴，還有一張抿直的嘴，流露出神秘的氣息，讓說書人無法移開目光。

男人察覺說書人的目光，便把臉朝向說書人。儘管他們互望著對方，誰也不說話，卻能營造出一種不可思議的氣氛。

穿著長袍的男人抬起頭，藏在兜帽裡的深膚色臉龐傳出低沉的說話聲，那道充滿嘲弄的笑聲，讓說書人被徹底震懾了。

男人朝說書人招手，將他引至自己面前。

說書人很快的照做了，只是在吵鬧的市集裡，人人都扯開喉嚨大聲說話。唯有這個賣鳥的商人發出詭異的低語聲，讓人不易聽見他說了什麼。

「你說什麼，再說得大聲一點。」說書人走近男人，彎下腰去看對方的臉。

男人把帽子向後一推，露出了充滿傷痕的醜陋面孔。他默默無言，不作一聲，卻仍然使說書人深感恐懼，幾乎驚訝地無法移開目光。

他倒抽一口冷氣，腳跟不穩的退開一大步。

「看來我嚇著你了呢，先生。」男人嘶啞地笑道，他提高咳嗽的聲音，很快的就被周遭人群的說話聲掩蓋過去。

說書人握住雙拳，恢復了些鎮定。但他打從心底知道，這個男人讓他感覺毛骨悚然。

男人起身，以一副挺拔高大的身段站在說書人面前。他非常高，看起來不像普通人，當他微笑起來，藏在嘴裡的白牙卻散發一股陰森的冷意。

他彎腰向前，像個英倫紳士般向說書人介紹自己，「我是一個捕鳥賣鳥的小販，大家都稱我是捕鳥人。我告訴你，賣鳥是我的副業，而我真正的身分是一名精靈工匠。」

「精靈？」說書人觀察男人的相貌，默默地說：「你看起來是個非常普通的人……除了臉以外。」

捕鳥人說：「你不知道嗎？精靈，即精緻靈巧之意。你要不要看看我神奇的各種道具？有能將愛說話的人的嘴巴鎖住的石鎖，摻了朝露的愛情酒，能號令鳥獸的銀笛……你有興趣嗎？」

「原來你要賣東西給我，抱歉，我沒心情。」說書人心想，他一開始就不想與這個男人進行交易，只是被他的一群小鳥吸引。

「是嗎？」捕鳥人從容地說道：「你這麼確定我跟你搭訕，只為了賣你這些東西？」

說書人詫異地看著眼前的捕鳥人，思考了一下，然後答道：「對不起，就算你有再稀世珍貴的東西，我都用不到，你找別人買吧。」

他打斷捕鳥人兜售的臺詞，搖搖頭表示自己沒興趣，然後轉身離開。

「不，你對我的東西一定會有興趣，我跟你打賭，沒多久你就會回到我面前，捧著錢

來跟我買東西。」捕鳥人伸出手抓住說書人，以冷笑聲攫獲了他的注意力。

說書人回頭，眼神難以置信的看著捕鳥人。

不知為何，他一被對方抓住，心中隨即湧出源源不絕的恐懼。當他低頭去看對方那隻蒼白的手，再抬頭看向那雙有如黑暗深淵似的墨綠色眼睛，便開始努力的壓抑著恐懼感。

他沉默了一會，語氣冰冷地說：「是嗎？」

捕鳥人給說書人一個嘲弄的微笑，他低沉的聲音彷彿預言自己即將勝利，「未知的一切冥冥中都有定數，現在你拒絕我，等一下就會迫不及待地接受我。」

這個人簡直是個充滿自信的瘋子！說書人心底叨唸幾句，再次甩開他，走向市集較為冷清空曠的地方，叫了一輛馬車前往北城門的中央圖書館，打算去那裡看書。

好不容易上了車，把一切喧囂的景象遠遠地拋在背後，說書人聽著車輪輾地的滾動聲，心裡總算輕鬆了一些。

他撥開窗簾，看見天色依舊處於一片灰淡潮濕的朦朧白霧裡，彷彿科米希永遠都是這種壞天氣，就算陽光正盛，也無法將迷霧驅逐……就像他無法將自己愚昧無知的心靈拯救

出來，卻一再執著他生命中迷幻的夢境。

馬車以緩慢的速度行進，一道溫和的青年聲音，打破說書人鬱悶不言的氣氛。他抬起頭，以平淡的目光看了馬車夫一眼。

馬車夫一邊駕馬，一邊以聊天的口吻說：「先生，看你的打扮，你就是那位事蹟傳遍城裡的說書人吧！」

說書人笑著問道：「你怎麼知道？」

馬車夫轉過身，將身後車廂的小門打開，面向說書人，打量地看著他，「你的口音很特別，很好認……還有，你的箱子提帶上面寫著你的名字……」

這時，說書人注意到馬車夫把馬車行進的速度放慢，好像有意要這麼做似的。他把手肘放在膝上，不動聲色的看著對方，想知道這個人背後有什麼企圖，「閣下，你的觀察力實在太敏銳了。」

馬車夫驚訝道：「先生，難道你不知道嗎？本城的報紙刊登你的故事，說你與魔鬼串通，聯手幹下瞞天過海的歌劇院意外，殺死沒有抵抗力的女伶。」

說書人忍著訝異，問道：「請問，這到底是怎麼一回事？」

「喔，看樣子你什麼也不知道……但是有件事，你應該很清楚，關於喜歌劇院意外事件的真相，我一定要得到你的說明。」

馬嘶聲、車輪轉動的聲音、談話的聲音，全都在這時候，隨著馬車夫煞車的動作，不祥地沉默下來。

「你究竟是誰？」說書人背後一陣發冷，因為他竟毫無所覺自己危險的處境。現在的他就像被鷹犬的利爪強硬地扣住心口，無法動彈。

「初次見面，說書人……施洛德．戴維安先生。」

馬車夫停車之後，向說書人致意地脫掉帽子，乾澀的嘴唇沒有半點笑意。

他看上去只是一個隨處可見的青年。除了削瘦的臉龐、尖鼻、淡米色的削薄短髮、褐黃色的銳利眼神之外，他深凹的眼眶特別吸引人，這些特徵使他看起來就像某些容易憤怒的嫉世青年。

雖說如此，他問話的口氣無法讓說書人有好感，以為他只是無聊找事做的小市民。說書人看著他的眼睛，看見那雙褐黃色的眼底出現鎮定的神情，便知道這個人是有目的的找上自己。

「你找在下有什麼事？」說書人故作鎮定，笑笑地問：「請我說一則故事給你聽嗎？如果你慕名而來，我願意送你一張簽名。」

「要我聽你說故事，還不如聽這匹馬粗野的嘶聲！如果你不肯老實說出那件意外的詳細經過，你的簽名將會成為一則罪案的有力證據。」

說書人從青年充滿冷靜的聲調，以及那嚴肅的眼神看出，這個男人彷彿有意圖的嘲諷他的謊言。

青年沒有等說書人開口，接下去說道：「你認識瑪麗安娜吧？」

「你有什麼目的？」說書人試探地打量著青年。不過，他並非不明白青年的言下之意，反而知道青年想表達的意思，他眼尖地看出眼前這個人與瑪麗安娜有莫大的關係。

明明互不相識卻心意相通的兩個男人看著彼此，以極高的效率達成了共識。

青年虎視眈眈地看著說書人，說：「你應該早就知道我的目的。」

說書人心中升起一種警覺的預感，目光狐疑地看著青年，「別打啞謎了，有話直說不好嗎？」

「我的名字叫做帕夏・奧斯明。」青年放下韁繩，把整個身體面向說書人，開始說起自己的故事，「我到這座城市是在六個月以前的事，在那之前，我住在一個叫做施利芬的鄉下地方，那裡雖然不像這裡富裕、有文化水準，但終究是我和瑪麗安娜生長的家。」

「什麼？」說書人訝異地看著帕夏，「奧斯明先生，你是……」

帕夏沒有接話，僅以陰森的眼神看著說書人，傳達出死一般的沉默。馬車內的氣氛由緊張轉變為沉寂，這是一種令人不安的寂靜。

「我跟瑪麗安娜曾經住在同一間孤兒院，我們倆一塊長大，直到她九歲那年，被歌劇院經理收養為止。我們就此斷了聯絡，沒有什麼機會見面，後來我知道她當上大明星，非常受到歡迎，我存了點錢，打算去找她……」

「可是就在半年前，我收到一封傳喚信，風塵僕僕地趕到科米希。沒想到那裡等著我的，居然是瑪麗安娜的死訊，還有稀奇古怪的謎團！」

說書人沉默著，面對青年震怒的控訴，這個突如其來的震撼局面，使他變成口不能言的啞巴，只能繼續聽帕夏說下去。

「後來，一位叫做法蘭克的警官告訴我，我的好朋友死於一場魔鬼造成的意外。經由多方追查，發現她與一名跟魔鬼打交道的說書人曾經深入的交往，我痛恨殺死她的人，卻又無能為力……你說，身為瑪麗安娜好友的我該如何是好？」

說書人默不作聲，冰冷的目光直射帕夏。

帕夏按捺不住情緒，大聲咆哮道：「我花了半年的時間在科米希城調查，發現導致她死亡的最大主因，在於你的懦弱……你為什麼要跟魔鬼同流合汙，為何不將他除去？」

說書人忍不住帕夏執拗的聲音，拒絕地說：「奧斯明先生，我瞭解你心中的悲憤。但是我跟魔鬼之間的事，很難向外人說明白，況且我也不想說，請你不要追究。」

帕夏抖了起來，大聲喊道：「那麼，我要你告訴我，為什麼帶走瑪麗安娜的屍體，不將她送交給警官調查？這是否意味著你企圖湮滅證據，不讓瑪麗安娜死亡的真相水落石出？」

「我只能告訴你兩件事。一、瑪麗安娜不是我殺的；二、我為死去的人找到安息之地，沒有什麼不對。」說書人猶豫了一會，見帕夏蠻橫地不給他說話的時間，還如此咄咄逼人，他沒心情跟這種人糾纏下去，就說：「不管你相不相信，我都沒有義務跟你談下去，失陪了。」

青年聞言，心中浮現了許多想法。

當它們堆疊成一個讓他不花多少時間，就能判斷說書人回答動機的理由，便抑制不住興奮地跳下車，阻住說書人的去路。

「聽你的口氣，顯然你知道殺她的人是誰……她真是被吊死的嗎？說吧，我不會被嚇倒的。」

說書人心中糾結著，他與魔鬼的過往咬嚙著他的神經，一陣沉默後，他搖頭說道：

「我無法告訴你這件事，它太離奇了，恐怕你不會相信。」

「是魔鬼殺她的吧？」帕夏問話的語調越發尖細，神經質地刺探說書人的反應。

「你居然相信世上有魔鬼……」

「我是不相信，但是現實逼得我不能不信！法蘭克警官已經把詳細經過說給我聽了，那個魔鬼在什麼地方，我要親手宰了他！」

「先生，請聽我一言，追查這件事，對你沒有好處。」說書人耐著性子說道。

帕夏的嘴唇顫抖而蒼白，他像是要把眼睛瞪出來似的盯著說書人。

說書人暗自嘆息著，沒想到青年的復仇之心遠比他想得更加深沉。他不喜歡這個一臉憤怒的青年，因為失控的情緒只會使人做下沒有理智的事。

「好了，讓我下車吧。」

「你不能走！」帕夏堅持地說，兩隻手緊緊按住門，「說實話，你不瞭解我的心情，得知自己的好友被殘忍殺死，你要我怎麼無視這件事？你跟瑪麗安娜是什麼關係？外傳你為了她得罪權貴，你是她的情人嗎？」

說書人看見車窗外帕夏的臉，察覺他眼中悲痛的光芒，正是對瑪麗安娜強烈的感情所致。他抿直嘴唇，發現自己的心情有些矛盾而感傷。

如果她沒有遇見他的話，相信她會有一段美好的愛情，是他毀了瑪麗安娜。

帕夏注意到說書人沉默的表情，以為他在懊悔，不禁壓低聲音質問道：「你沒有盡到保護她的責任，讓她死得不明不白，你告訴我，該如何給死去的瑪麗安娜一個交代？」

「我實在受不了你。」說書人無力地做了一個簡潔的回答。對他來說，帕夏只是普通人類，沒有力量殺死魔鬼，他也不想把事情惹大。

帕夏見說書人無動於衷的模樣，他打開車門，聲音冷冷地說：「你不肯幫助我，也不顧為你而死的瑪麗安娜，難不成如傳言所說，你跟魔鬼當拜把兄弟了嗎？」

「你說什麼？」說書人被激怒地問。

「好多人都說你跟魔鬼打交道，兩人連袂在城市遊走，幹下見不得人、經離叛道的荒謬行徑，不僅捉弄權貴之人，還殺害兩個女伶……我絕不會原諒你，你是可恨的人類之敵！」帕夏咬牙切齒，憤憤不平地指著說書人的臉。

這個一臉憤怒的青年，究竟要胡說八道到什麼時候?說書人苦惱地撐著額頭，聽了流傳於城內的無聊傳聞，他連生氣的力量都沒有，只想趕快離開這裡。

說書人直視帕夏的眼睛，口氣懇切道：「奧斯明先生，請你接受我的勸告，如果你不愛惜自己，那就可憐可憐瑪麗安娜的一縷芳魂，她不希望你為她復仇，這只會害她永遠無法解脫。」

帕夏冷笑，「這是你善意的謊言嗎？你為什麼不把詳細的真相告訴我？難道你要包庇那個殺人兇手？」

兩人之間沉默緊繃的氣氛持續發酵，說書人為了避免帕夏肆無忌憚地追問，打算踢開車門，一走了之。

就在這時候，兩個穿著警官制服的男人走到馬車旁邊，干涉了說書人與帕夏的談話。

「你們為何在街上大聲吵鬧？」

帕夏轉身，口氣帶著抱怨地說：「警官，來得正好。我抓到你們說的那個男人了，只不過我跟他吵了很久，沒能吵出一個結果。」

「喔，原來如此。」一個警官走到車窗前面，對坐在馬車裡的說書人微笑，「戴維安先生，你還記得我嗎？」

那名長相略顯老態的警官臉孔，映入說書人的眼底，令他嚇了一跳。

「你是處理那次歌劇院意外的法蘭克警官？」

法蘭克笑了一笑，說話的聲音充滿歉然，但是他的眼神淩厲，看起來就像獵人逮到獵物一樣的神情，「好意外，你居然記得我。」

說書人臉上瀰漫著從容與鎮靜，「那次受你關照了，但願我們從此不會有任何交集，兩位警官也不想被我身後帶來的噩運連累吧？」

法蘭克收起笑容，氣憤地用手指著他，罵道：「好大的膽子，你居然敢威脅我？告訴你，我們追查歌劇院事件，注意到城內每件古怪的事，都有你的分！」

「不管是森林魔女之事，抑或歌劇院事件，都是從你到這裡才開始陸續發生的……你到底是誰，為什麼每個人都說你跟魔鬼有莫大的關係？你最好跟我們合作，使案情真相大白！」

「對，你應該站出來面對光明的審判，別再藏匿於黑暗的死角。」華爾特有些怕怕的看著說書人，擔心這人會使妖術。

本來他是死都不肯插嘴說話的，但是在前輩法蘭克的逼迫下，只好附和的說了一句讓人感到惡寒的經典臺詞，說完又縮回法蘭克身後，不敢多吭一聲。

法蘭克無奈地賞了一道白眼給後輩，接著看向說書人說道：「別想玩花樣，乖乖下車吧。」

說書人一直壓抑著自己，不要在凡人膚淺的談論中爆發自己的情緒，然而受到面前三個男人的包圍，他顯露出的情緒，竟然是一種不可抑止的狂笑聲。

「抱歉，恕難從命！」說書人趁他們被他的笑聲吸引時之際，一腳踢開車門，順勢踢倒兩個警官，接著跳下車，往一條小巷子的方向跑了過去，「想要抓到在下，過一百年後再來吧。」

「慢著，你不要走！」帕夏咆哮地吼道：「你要去向魔鬼通風報信嗎？」

說書人回頭看了他一眼，心裡有無法訴說的苦衷，一句話也不說的掉頭就跑。

說書人萬萬想不透，一件已經消聲匿跡的歌劇院意外，為何會引發這麼大的後勁風波？他在被人們四處追捕的情況下，一邊逃跑，一邊心中不勝疑惑，不明白自己為何流落這般處境，活像人人滅打的老鼠。

說書人整理這些紛亂的思緒，考慮自己下一步應該採取什麼行動，怎麼阻止事情的擴大。他不是想知道這件事發生的經過，而是事件背後真正的原因。

但是，照這個麻煩的情況看來，只怕他在歌劇之城再也找不到立足點了。

說書人在巷子裡奔逃，身後還能聽見男人嘶吼的聲音，他緊張地喘息，拖著一個疲憊得站不住腳的身軀，為自己現在的處境感到非常可笑。

一個被追殺的說書人，捲進一場混亂的糾纏，然而造成這一切的，竟是三個不明就裡的人類——這種事要是傳進齊格弗里德耳裡，那傢伙一定會以誇張的表情取笑他的愚蠢，因為就連他自己都很想笑。

圍繞在說書人身邊，這陣淒慘而死寂的氣氛，令他不由得發現到一件事。從他坐上帕夏的馬車，進而遇上警官的過程，擺明是他們設計好要抓他的布局，然而教說書人好奇的是，歌劇效應為何沒在警官們身上發揮效用？

說書人腦海掠過一個警覺性的預感，這使他詫異的自問道：「難道……我身上的歌劇效應消失了？可惡，這究竟是怎麼回事？告訴我，齊格弗里德！」

這時候，一隻叫聲低啞的藍眼烏鴉飛入小巷，讓形同驚弓之鳥的說書人如臨大敵似的瞪著烏鴉。

過了會，一道拉長的黑影出現在小巷入口，發出一種呼喚鳥兒的叫聲，隨即令烏鴉飛了回去。

說書人回頭，看見那個向人販賣物品的捕鳥人出現在他面前，肩膀上停著一隻藍眼烏鴉，散發迫人氣勢，讓說書人簡直在意得不得了。

「你好像遇到一點麻煩了，要幫忙嗎？」捕鳥人冷冷的微笑。

「真巧，我們又見面了。」說書人用一種忍耐的厭惡目光看著捕鳥人，很想馬上離去，但是說書人知道自己無路可退，只好面對事情突如其來的變化了。

Achte Aufzug : Hymnen an die Nacht

夜之頌 第二章

說書人被面前男人魁梧的體格深深吸引住了，他站在原地，幾乎忘了自己面臨的處境。隨著一陣令人難受的時間過去，他開始後悔自己居然與捕鳥人狹路相逢。

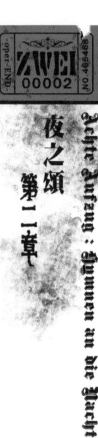

他用力咳了幾聲，企圖把僵硬的氣氛趕走，同時走向男人身邊，跟他擦身而過，「請讓讓，我還有事。」

不過，捕鳥人似乎不打算讓說書人走，眼見說書人的逼近，他立即張開雙手，阻礙了對方的行動。

說書人對捕鳥人挑釁的態度充滿反感，怒不可遏地看著他。但是當兩人近距離接觸時，說書人卻發現對方足足高了自己好幾個頭的高度。

捕鳥人一臉饒有興味地瞧著說書人，伸手捏捏他的胳臂，「你好瘦啊，好像被風一吹就會倒下的木頭人偶。」

「你說什麼？你這個沒有禮貌的莽漢，竟然用這種方式冒犯我？」說書人被捕鳥人激得暴怒，他把手中的皮箱往對方面前甩了幾下，藉以掩飾自己受到驚嚇的事實。

「嚇到你了嗎？真不好意思，我有事找你談談，你會有興趣的。」

說書人輕蔑地觀察捕鳥人，見他身穿斗篷，頭上披著一個連身兜帽的打扮，心中一股不舒服的感覺油然而生。更別提他裂開的嘴角藏著陰森的白牙，散發令人毛骨悚然的森冷笑意，令人鄙視與排斥。

「閣下何以見得我有興趣？」說書人無可奈何的嘆氣。

「因為我們做過買賣，這可是有根據的。」捕鳥人向前伸手，當他握緊拳頭，一支銀笛便憑空躺在他攤開的手心上，「你瞧，這是你放在皮箱的銀笛吧？這玩意兒我只做過兩支，一支被你買走，另一支則送給我的朋友了，如果你不相信，可以看一下你的箱子裡有沒有銀笛。」

說書人弄不清捕鳥人到底在玩什麼花樣，他打開箱子果然找不到，便氣得把笛子從捕鳥人手中搶回來，戒備地問：「你究竟想做什麼？」

捕鳥人聳肩微笑，「別緊張，我不是壞人……算了，我這樣子就算說破嘴，你也不會相信。但是我知道你正在找一個金髮紅眼的魔鬼，如何，要跟我來個交易嗎？」

說書人聞言，立刻從他面前大步跳開，「你怎麼知道這件事？難道你是齊格弗里德派來的嘍囉？」

捕鳥人被說書人那番話逗得發笑，笑得停不下來，直到說書人以殺人目光盯著他瞧，捕鳥人才連忙停下。

「你知道齊格弗里德在哪裡……真的嗎？」說書人問。

「當然，因為他是我唯一的好朋友。」

說書人難以置信地瞪著面前散發一股詭異氣息的捕鳥人，「你是他的……好朋友？」

「別這樣看我。儘管你心裡不認同我，甚至對我有許多疑問，可我卻是最明白你內心

掙扎的存在。」

說書人愣了一下，接著不予置評地冷笑，「說得很好嘛，不過你有什麼直接的證據，來證實你的說法？否則你這席話對我來說，只是個虛構的謊言！」

「哈哈哈，這不是解決不了的難題。關於這點，顯而易見的證明就是……在我提起齊格弗里德的同時，你左邊的眼睛就會閃爍一下，好似我拿了什麼寶貝在你面前晃！」

說書人瞇著眼睛，看見捕鳥人臉上燦爛的笑容，便打從心底覺得排斥。也許是他未能擺脫自己對捕鳥人先入為主的觀念所致，可是這個神秘的傢伙行跡可疑，也不脫掉戴在頭上的兜帽，怎麼讓人相信？

當說書人暗自在心裡埋怨，捕鳥人便像與說書人有心靈感應似的脫掉帽子，顯露出一臉可怕的老醜面孔，接著說：「你看到我的外表，覺得我又醜又駝，是不是？」

說書人受了驚嚇，卻很期待地看著他，問道：「難道不是嗎？」

捕鳥人沒回答，而是轉移話題，「如果我說，你跟齊格弗里德有那麼一點點關係的話，你會不會驚訝呢？」

「不驚訝。」說書人答。

「為什麼？」捕鳥人很有求知欲地追問。

說書人壓抑著顫抖的怒氣，忍無可忍地回答：「我沒必要告訴你，請你說重點，謝謝。」

「好吧，看來壓迫可使有智慧的人變得愚蠢……這句話所言不假。」

「你到底要不要講重點？」說書人一臉怒氣攻心的模樣。

捕鳥人滿是傷疤的臉上堆滿了笑意，「抱歉，不過我要先確認你的身分，你真的就是施洛德．戴維安先生？」

說書人點頭，口氣充滿不耐煩：「如假包換。」

捕鳥人望著說書人，就像看著一件稀奇古董似的受到吸引，他幽淡陰沉的眼神突然發亮，唇邊發出一聲愉悅的呻吟。

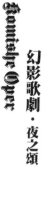

「不錯，真不錯，是個體面的俊秀青年……太好了，我可以放心了。」

說書人對面前男人的古怪行徑，感到百思不得其解，他很受不了這人近似無理取鬧的

行為，只想一把掐住捕鳥人的脖子，逼他快點說出齊格弗里德的下落。

「你別光說這些，快告訴我……他到底死了沒有？」

「你在說誰？」捕鳥人裝傻道。

「自然是齊格弗里德！」說書人被激怒道：「聽著，你最好不要愚弄我。」

捕鳥人見說書人動怒的樣子，聽得出他話中的情緒，臉上展露出一道難以臆測的微笑，「不要急嘛，我只是太高興了，因為你是他最掛念的朋友。」

說書人聞言，冷冷地說：「我和他不是朋友。」

捕鳥人有些驚訝，「你在說笑嗎？如果不是朋友，你為何執著尋找他？」

說書人一時語塞，又由於過度憤怒，導致全身不停顫抖。他一臉不滿，如果捕鳥人再說些調侃他的話，他就會憤而拔槍——噢，對了，他已經把槍丟掉了。

該死。

「照這情況看來，我有一句箴言跟你分享。你太容易激動了，被別人激怒的時候更應該克制自己，說話要力求智慧，保持冷靜……不過，你要做的不只是這些。」

「我不想聽你說這些沒意義的蠢話。」說書人皺起眉頭，一臉不快，「我在找他，並非是你想的那些原因。」

捕鳥人攤平雙手，表現出一副令人討厭的歉然笑意，「是嗎？或許吧。」

「別再轉移話題了，你到底是誰？」說書人問。

捕鳥人見說書人被他耍得團團轉，一臉火大的樣子，也就不再拐彎抹角的說話，「敝人僅代表齊格弗里德，邀請戴維安先生到不同於人類社會的另一個國度，跟他見見面……意下如何？」

「你剛才說過要與我交易，又是什麼意思？」說書人目光嚴厲地看著他。

「沒什麼意思，純粹字面上的意義……你用一則故事跟我交換代價，我帶你去見齊格弗里德，這樣我們誰也不欠誰。」

說書人見捕鳥人說得如此輕鬆，他心裡起疑，又不願輕易放過這個機會，便追問道：「你為什麼要替他出面？他到底在什麼地方？我翻遍整座科米希城，就是找不到他……」

捕鳥人從說書人說話的口氣，聽出他內心壓抑的慌亂，乾澀的嘴唇便染上一絲淡薄的

笑意。

「你掛念他的安危，同樣的，他也掛念著你……只不過他不肯說而已。」

說書人抬頭，驚訝地問：「你知道我跟他的事？」

「是，我什麼都知道，包括他為何對你這麼有興趣的原因，我也知道得一清二楚。」捕鳥人說：「原因很簡單，他可能是心懷不軌，也可能是他想偷偷接近你、瞭解你……那個人看似驕傲殘忍，像一隻咆哮的獅子在你身邊走來走去，但是你要明白，如果他想吞噬你，早已決心置你於死地……然而你卻能從與他的纏鬥中存活下來，可見你絕不是個簡單人物。」

說書人搖搖頭，否決道：「我不相信，因為當我反抗他的同時，他感到厭煩而從我面前逃跑了。」

「是嗎？他縱容你與他敵對這麼久，可能有他的理由。但是我深知齊格弗里德的個性，他絕不會永久地容忍你下去……他是能夠迷惑普天眾生的魔鬼，不需要花費心思在一個人類身上，你明白嗎？」

說書人試著保持沉默不語的態度，但是他也曉得，自己對這個面貌醜陋的男人有很多疑問。

「走吧，我很清楚你想問關於他的事情，不過這些話，還是留待你見到他的時候再說！」

「你——」

說書人正想說什麼，這時候，遠處傳來咆哮的聲音，一道重疊的奔走聲在此刻的氣氛之中，激盪出一絲尖銳而令人窒息的壓迫感。

捕鳥人洞悉說書人臉上一閃即逝的憂患神色，他親切的微笑道：「你是要待在這裡跟我爭論，還是跟我走，避開一場禍端？」

兩人彼此沉默無言的注視對方。

說書人嘆口氣，「我不確定是否相信你，不過現今之計，唯有跟你走才是明智的抉擇……是吧？」

捕鳥人沒有回答，但是他眼中那種從容不迫的神情，似乎說明這一切的發展，早已在

他的預料之中。

◆・◆・◆

「我們要去哪裡？」說書人問。

捕鳥人避而不答，只要求說書人閉上眼睛。說書人照做後，發現捕鳥人不知何時站在自己身後，還握著他的兩隻手不放。他張開眼，有些抗拒。

捕鳥人察覺說書人猶豫不決，便安慰道：「閉上眼睛，我會帶領你到一個新世界，不過在那之前，你得聽我吩咐，懂嗎？」

說書人強忍著不適，再次閉眼。

此時一片強烈的黑暗侵入說書人的視覺神經，令他頭昏暈眩，最後意識完全消失，只剩下宛如一場幻影的片段記憶，滲透到說書人的內心深處。

過了一段時間，黑暗由一道驟亮的強光加以驅散，並且強烈地喚醒說書人的意識。

當他再度醒來時，發現自己躺在一片空曠的草原，身邊沒有任何人，只有一群飄浮的光粒在空中飛舞。

一道夜鶯的啼叫聲，劃破了夜晚的寧靜，聽起來優雅悅耳。

說書人眼神茫然地看著這片景色，他抬頭凝視出現滿天星斗的夜空，還有那輪巨大的紅色月亮，心中不禁掠過一絲錯愕，彷彿自己出現在這美麗的嶄新境地，是多麼奇妙的際遇。

闃寂無聲的夜裡，群星繚繞著遠處模糊的深色山巒，清澈的溪流響著不斷重複的水之旋律，宛如流進說書人心底，帶給他愉悅清新的舒暢感覺。

正當說書人滿腹懷疑地看著翠綠的草原，質疑自己存在的原因時，一名身材高大、穿著暴露的男人出現在說書人眼前，對著他微微笑著。

男人將一頭又長又直的飄逸長髮束在背後，他有一張魅惑人心的好看臉龐，眼睛與頭髮皆為青翠的綠色，既深邃又明亮。

這個渾身散發一股神秘氣息的男人，肩膀停駐了一隻藍眼烏鴉，一人一鳥注視說書

人，臉上熱情的微笑讓他似曾相識，好像在什麼地方見過。

「你是誰？」說書人察覺男人雖然擁有高貴幽雅的形象，但是卻不怎麼喜歡把自己的身體隱藏在衣服底下，反而穿著貼身曝露、能夠展現健壯肉體美的服裝，這使得說書人厭惡地轉開視線，盡量只看男人的臉就好。

「你忘記我是誰了嗎？」男人的個性有種洗練的幽默，當他被說書人質問的同時，臉上帶著微笑，把問題丟回說書人身上。

說書人憤怒地站起身，冷哼道：「我只認識你肩膀上的烏鴉。」

「對，不過你還猜得不夠準確，再想想看來到這裡之前，跟誰見過面？」

說書人目不轉睛地看著男人，那張被月光照得柔和的臉孔，浮上猶如玫瑰色的笑靨。他看得滿腹怒火，心中有些悻悻然，還是勉強回道：「你一下是捕鳥人，一下又變成一個美男子，你到底要捉弄我幾次？還有，你帶我來這裡到底要做什麼？」

男人迎著說書人的目光，一副慵懶的神態，「人類就是容易神經質，做事情都講究動機，何必裝模作樣地掩飾你的驚恐……好啦，不要再無理取鬧了，年輕人。」

說書人聽見男人諷刺的聲調，瞬間怒氣高漲，浮上一片赭紅的臉頰寫著他被取笑後的惱火情緒，「你說什麼？究竟是誰無理取鬧！你如果敢騙我，我會讓你嘗嘗憤怒的力量！」

男人走向說書人，微微仰頭，蓋住一對細眉的綠色瀏海被夜風吹開，露出他光滑的額頭，「你的好勝心還真強烈。不過容敝人多嘴，你是要把時間浪費在跟我做無意義的爭辯，還是讓我帶領你開始一段航行？」

男人拂開他自己耳邊的鬢髮，露出一對長長的尖耳。見到對方恬靜淡漠的神態，那種充滿冷靜而威嚴的氣勢，以及長人般的身高……說書人的臉上劃過一道巨大的陰影，也有些明白男人的自信從何而來。

說書人打量著男人，他幾乎垂地的頭髮閃耀著夜色的光彩，身上圍繞著七彩十色的精靈光粒，一對綠眸則散發智慧，以及深黯色的陰沉神情。

「你不是人類吧？」說書人猶豫片刻之後，還是決定提出問題。

男人深綠色的目光投向說書人，笑了笑，「我是夜之精靈，目前只能透露這些訊息，剩下的等我們見到齊格弗里德再談。」

「精靈……原來你是夜之精靈啊……」說書人有些難以置信地喃喃自語，覺得眼前的一切都讓人吃驚。但是他在察覺自己的失態前，便穩定了情緒。

精靈看見這一幕，他並不在意說書人對這個全新的際遇有何感想，而是朝說書人眨著眼睛，愉悅地說：「走吧，我們要渡過一條叫做星光之湖的湖泊。那裡適合一邊行船，一邊欣賞浩瀚的星空……當低垂的夜幕倒映在碧綠色的湖面，反射出點點星光，那種美景就成為我們坐船的一種娛樂囉。」

「不，我還有點事想問你……」說書人還想說話，沒想到精靈飛快打斷他說的話，一點都不管別人受不受得了。

精靈將修長的手指擱在唇邊，故作神秘地笑了笑，「太多聲音只會破壞這片美景，只要靜下心，你就能聽見神秘的大地之聲。」

說書人覺得自己那張三寸不爛之舌，居然在精靈面前一點用都沒有，只好保持緘默。

「我要帶你去的地方，位置座落於黑森林附近的一處平原，那裡稱之為精靈的部

落。」精靈帶說書人走過遼闊的草原，搭上一艘停在湖邊的木舟，開始航行。

說書人坐在木舟上，耳邊飄過精靈講解的聲音，他沒專心聽，而是抬頭望見深邃的夜空籠罩在蓊鬱的森林、寧靜的湖泊之上。

他低著頭，看著遠處的蘆葦隨風搖動，蒼翠的樹木倒影映在湖面上，溢出了靜謐的氣氛。

木舟的擺盪很均勻，不致影響划行的平衡。

說書人與精靈觀察遠方的動靜，讓大自然的美好，在他們眼前無限的延伸。

「真沒想到，我在城市看不到的星星，居然能在這裡見到。」說書人感慨地說：「我本以為，一個東西只要在我的視野中消失，它就不會再存在。」

精靈說：「這片寂靜的夜與城市的喧囂，形成強烈的對比……是否很美呢？我認為人生也是這樣的，在結束之前得到什麼並不重要，你在旅途中欣賞的沿路風光，才是應該撿拾的寶物。」

「如果我浪費很多時間，發現自己一心想要的，其實是最平凡的東西……你覺得可笑

嗎?」說書人想了一想，壓低聲音說。

精靈露出微笑，「就算你花了比別人更長、更久的時間，拐了許多彎路，探尋許多死巷，最後才到達目的地……那又如何?這是你獨特的旅程，沒人可以指揮你該怎麼做，而且你會發現自己在這段旅程花費的心力，絕不會毫無回報，當一切回想起來，都是深鐫在你心底的美好記憶。」

說書人抬起頭，眼底帶著徬徨的期待神色，就這樣映上精靈美麗的臉孔。

他無意識的露出微笑，因為這個在現實中不可能存在的世界，讓他躲開煩憂，還給他能見到齊格弗里德的機會。

「人類的一生就像一篇精彩的樂章，有美妙、悲傷、歡喜的各種起伏節奏，以及希望、痛苦與仇恨的高潮。當樂章展開變化，不僅奏出複雜多變的交響曲詩，也帶給聽者不同的心境。」

「你還真瞭解人類。」說書人不得不承認，精靈開解的言語，使人心裡感到異常平靜。但是他卻不願表現出來，只好裝作一副不以為然的口氣。

「不，其實在幾個世紀以前，我不明白人類的愛為何如此矛盾，難以理解，甚至花了很多工夫研究。直到後來，我才發現這是怎麼回事。」精靈像發現新大陸似的說著自己研究的結論，然後他看向說書人，笑了一笑。

「你一定很好奇，我為何這樣滔滔不絕地說話？是的，引起我無盡生命中，那份強烈而美好的回憶，正是人類給予的……那種感覺，就像不會枯竭的山泉水流過我的心扉，使我即便離開過去那段旅途，還是懷念不已。」

浮於湖上的小舟載著說書人與精靈，精靈緩緩划著小舟，他回頭看了坐在後頭的說書人一眼，察覺到那個人類男子冷冷地看著自己。

精靈不予理會，一邊划著船槳，一邊輕聲歌唱。

搖動的精靈樹林，叢生於夜晚的大地，
山谷的溪流湧著波濤，帶給森林生生不息的泉源，
一輪紅如火的月亮，靜默守護著星光之湖，

這片土地，來自神秘的國度，
遠道而來的人類，膜拜夜之精靈吧！
他們會邀請你參加茶會的。

說書人聽著精靈的歌聲與湖水聲，揉合成一股令人心靈平靜的力量，他索性閉起眼睛，不再看夜空的景色。而是肆意吸取充滿生命的氣息，不僅治癒他疲憊的靈魂，也可以讓他的心情隨著夜深而堅定。

他們渡過星光之湖，走到森林深處，來到了遼闊的平原，一棵高聳雲霄的大樹隨即出現在說書人面前。

「這是永生之樹，是部落的信仰中心。樹上有許多鳥類棲息，最頂層則放出精靈們需要的生命泉源，可以說是夜之國度的心臟。」精靈發自善意的說明。

說書人嘆息地看著永生之樹，這些異象已讓他懍然生畏，何況是看見飄浮在空中的七彩光粒，以及飛翔、遨遊天際的無數種鳥獸。

永生之樹所在之處，擁有美麗奪目的夢幻氣息，它給人一種愉悅與寧謐的感覺。說書人看見這幕異象，深深覺得眼前的古樹有如一塊巨大而澄澈的綠色水晶，它的存在讓整片遼闊的大地，都因為它而顯得更加壯觀。

「這是在下身為凡人看過最美的景色。」說書人嘆息著，就在這時候，他感覺手中提著的皮箱發出激烈的擺盪聲。當他打開皮箱，裡面養著的貓頭鷹迫不及待地飛出皮箱，似乎對永生之樹綻放的光芒有強烈的好感。

說書人困惑地看著貓頭鷹的怪舉動，精靈隨即走向他，一如為他說明景點的解說員：「別感到奇怪，你不習慣發生的一切，都將在夜之國度發生……好比說，這隻貓頭鷹在這裡出生，透過我的販售，轉交到你手中，變成為你送信的魔法信差。」

說書人聞言，腦海不由得浮現，自己向兜售貓頭鷹的商人買鳥的景象。「不會這麼巧吧，你既捕鳥又賣鳥，還每次裝扮成不同外貌的人……你太可疑了。」

精靈呵呵地笑道：「別覺得我奇怪，我這樣是正常的。長得是美或醜，我一點也不在乎，那都是你們人類無聊的審美觀。」

說書人跟精靈聊得不太融洽，只好轉移視線到樹上，卻在這時發現貓頭鷹飛向的地方出現一道黑暗的閃光，將鳥兒們嚇得四處飛散。

他向前一站，想看清楚一點，卻被眼前的景象震驚得差點無法呼吸，臉色變得蒼白——

閃光消失，化成一道由白轉黑的人影懸在空中。一道黑中帶金的光芒射向原野，使站在樹下的說書人理解到一件事，那個擁有金色長馬尾的男人不是別人，就是齊格弗里德！

說書人邁開腳步，跑向前，只為了將懸空的人影看得更仔細。但是在他的印象中，會以如此高傲的姿態現身的傢伙，全天下恐怕只有齊格弗里德一個魔鬼。

齊格弗里德轉頭，不經意地看見說書人，眼神先是一驚，然後帶著威脅的口氣，大喊：「施洛德?你為什麼不安安靜靜地待在科米希過日子，跑來這裡做什麼?是誰帶你來

的？」

說書人毫無怒色地望著他，語調平靜地問道：「那你呢？待在這種地方，不讓我找到你，你有什麼緣故要這麼做，想避開我嗎？」

齊格弗里德沒說話，只是悻悻然地不作聲色。然而他越看越不是滋味，心裡總覺得有塊疙瘩卡在上頭，於是他從空中降落到地上，怒氣沖沖地走到精靈面前。

「是你搞得鬼嗎？」

「不管你說什麼，我一概聽不懂。」精靈瞇眼微笑，一臉惡作劇的樣子，接著說：「喂，可不可以告訴我，你們是什麼關係？看你們見面就吵架，究竟是朋友、兄弟，還是更特別的親密夥伴？」

「別吵，不要問！」齊格弗里德很生氣，但不知他生氣的主因是精靈身邊的說書人，還是精靈不識相的問話所致。

說書人的思緒，原先一直都在齊格弗里德身上。可是經他旁觀這兩人的談話，發現精靈雖有帥氣的外表，但是那自戀的內在加上口沒遮攔的個性，實在令人傷腦筋。

精靈對齊格弗里德寵溺的微笑，「不問就不問，我說個笑話怎麼樣？」

齊格弗里德惱怒道：「你說的笑話很難笑，任何人都受不了！」

「你又沒聽過我新研發的笑話，怎知不好笑？」精靈故意地問。

齊格弗里德壓抑著怒氣，忍耐道：「不，我已經聽了你半年來沒日沒夜說的冷笑話，而且一點都不好笑！如果不想被我賞白眼，勸你打消念頭。」

「那麼就別談這個了。」精靈一臉好奇地問：「我都把人帶到你面前了，怎麼不見你跟他握手言歡？你害羞什麼啊，又不是年輕姑娘，有話就說吧，沒人會笑你的。」

齊格弗里德怒氣爆發了，「你少管閒事，叫他走開！」他指著說書人。

「我不是管閒事，只是見不得一段熱烈而細膩的異族感情，葬送在我眼前！魔鬼和人類居然會建立起深摯的友誼，實在太難得了，我一定要全力促成你們和好。」精靈兩手緊抓齊格弗里德的肩膀，給予打氣道。

齊格弗里德見狀，只得發出一道隱沉的嘆息，「什麼跟什麼啊？」

「不是什麼跟什麼，是你心裡到底怎麼想。」精靈說道。

齊格弗里德視線飛向說書人臉上，沒等他回視，隨即避開兩人目光，走到永生之樹旁的一塊草地，再勾勾手指，示意精靈過去。

精靈先安撫說書人在原地等候，接著跑向齊格弗里德，問：「我看不出來你這麼害羞，到底怎麼了？」

齊格弗里德不耐煩道：「叫他走，我不要看到他。」

「為什麼？」精靈反問。

「還什麼為什麼呢！」齊格弗里德口氣嚴肅，「這裡是精靈世界，我討厭看到像蒼蠅一樣的人類到處走來走去的！」

精靈「噗哧」一聲，失笑道：「我看不是這原因吧，你別以為我不知道你這些年發生了什麼事，你如果不說的話，我就去問那位戴維安先生囉？」

齊格弗里德激動起來，急切地說：「你敢去問的話，我就……」

精靈接口問道：「就怎麼樣？難不成你以為從此跟他不到地獄不相見嗎？人家可是一直在城裡找你，發現我知道你的下落，雖然與我素不相識，還是鼓起勇氣來見你一面。倒是你這個窩囊的魔鬼，居然會怕一個人類，真是奇聞。」

齊格弗里德被精靈一鬧，緊抿的嘴唇動了動，彆扭地說出他對說書人的想法：「是這樣嗎?我一直以為，儘管我再努力改變，在他心中的我永遠那麼壞，所以我就不想見他了。」

「顯然的，這是你的成見，是吧?」精靈看出齊格弗里德在矛盾中掙扎，於是輕聲嘆息，「喏，事情不是不可能，只是你不願意相信你們有可能。」

齊格弗里德問：「你說這句話是什麼意思?」

「沒什麼意思，你也不要妄自猜測有什麼意思。」

齊格弗里德聞言，真是被精靈這句話氣炸了。他向來最討厭這種拐彎抹角的言談，可偏偏跟他關係最深的說書人與精靈，居然都喜歡這樣講話!

「關於這點，恕我不想回答。」齊格弗里德從剛才的對話聽出，精靈以誘導的手段，逼他講這些難為情的事情，他一生氣就不講話了。

「他不回答，我來幫他回答。」說書人聽見齊格弗里德與精靈的談話，便自嘲地說：

「我跟他的一切，全都建立在一個不正常關係的發展上。本來嘛，人類和作為人類之敵的魔鬼，不可能相處得這麼好，可是那傢伙老愛找人類麻煩，一副好像沒朋友的樣子。」

齊格弗里德老大不高興地走到說書人面前，生氣地說：「注意你的用詞，誰沒有朋友了？」

「說的就是閣下。」說書人眼睛直視齊格弗里德，冷冷地回答。

「看不出來，你們兩人的關係這麼深，都到了互揭瘡疤的地步了，佩服。」精靈摸摸下巴，不懷好意地調侃著他們。

齊格弗里德被說書人和精靈兩面夾攻，簡直快要發瘋了，當場忍無可忍地大吼：「巴蘭德，住嘴！我怎麼可能跟這種柔弱的男人有關係啊？」

「喔，不是嗎？那還真可惜呢！想當初，我們是在一個不打不相識的情況下認識。過了一千幾百年，也不見你身旁有個知心好友，我還真替你擔心……沒想到你有了好朋友，而他居然是個男人！」

「他只剛好是個男人，這點完全不奇怪！」齊格弗里德臉色僵硬的辯解道。

「喔，齊格弗里德，你該不會對他有企圖吧？」精靈眼神不信地說。

「你給我安靜一點，滾過去替客人準備茶點，可以嗎？」齊格弗里德氣得說話聲變得異常尖細，就像一隻倒豎著毛的貓，看來相當抓狂。

說書人近乎呆滯的看著齊格弗里德的每種反應，該說他吃驚，還是看到鬼呢？總而言之，他實在難以適應現在的氣氛，但有趣的是，齊格弗里德向來高傲冷漠的臉居然因為精靈的說笑，浮上青紅交錯的惱怒神情。

「好啊，像這種有意思的話題，當然需要好喝的茶，還有好吃的點心。那麼，敝人就去準備囉，兩位請慢慢聊。」

說書人趁精靈走人之前，把他叫住問道：「還沒請教閣下的身分……雖然我得知你是精靈，對你的存在卻是絲毫不知。」

齊格弗里德不耐煩地說：「你跟這種人沒什麼好互相瞭解的，他是一個愛亂講話的顧人怨精靈！」

精靈聳了聳肩，雙手平攤，顯然不怎麼認同齊格弗里德的介紹臺詞，「太過分了，我可是好心收留你，就算你在這位仁兄面前，礙於表現你對他的思念之情，也不需要把我講得這麼難聽吧。」

「哼，跟你多講話只會更倒楣，我才不要被你連累。」齊格弗里德說完，像是躲避說書人似的走到樹幹後面倚著，唯獨他鮮紅的眼眸，仍然洩漏了其心思。

他以眼角的餘光，偷偷打量精靈與說書人談話的模樣，順便偷聽他們有沒有說自己的壞話。

精靈有風度地朝說書人爽朗一笑，「戴維安先生，如你剛才所聞，我的名字喚作巴蘭德，是統治夜之國度的精靈王，你直稱我的名字即可。」

「那也請你叫我的名字就好。」說書人點頭。

巴蘭德聲音深沉地說了下去：「施洛德，讓我回答你的問題吧。如你所見，我不是人類，住在這個永生之地已經有數千年的時間，我擅於交友，不僅和那個魔鬼有交情，同時跟住在森林的霧之魔王也是朋友。因為我的生命趨近於無限，必須找有趣的事打發時間，我迷上製作器具，像你手中的銀笛就是一例……」

「呃，對不起，打斷你的暢談。我已經知道你是精靈王了，閣下大可不必侃侃而談。」說書人見巴蘭德這人親切，對誰都十分友善，可是個性就是有點自負，他還沒見過有誰像這人一樣，如此得意地談著自己的過去。

不，他應該明白，人類的世界有一句話說「物以類聚」，齊格弗里德結交的朋友，個性果然都這麼自以為是。

「噢，我正要進入主題的時候，你硬生生地打斷我的話，害我又要重新培養情緒……知道嗎？壞人好事的傢伙會被馬踢，你安靜點可以嗎？」

說書人嘴角僵硬的看著他，不知該不該苦笑或生氣。這人也真是的，難道他不知道愛說話又吵得要死，而且該閉嘴的人是他嗎？

「好吧。」他無奈地垂下雙肩，隨便巴蘭德了。

「接續我之前說的話，就因為我住在這個永生之地，遇見不少誤闖進來的人類，他們聽了我的故事，回去人類社會寫了一些小說……用你們人類的說法，我是個擁有美麗外貌、強壯的身軀、迷人的笑容、悅耳的歌聲、精巧的手藝、長生不老的生命……綜合以上傲人特質的平凡精靈是也。」

說書人聽巴蘭德說話，簡直就要斷氣！他看著對方，忍耐內心就要爆發的壞情緒，思考每個精靈的性格是否都像巴蘭德一樣？若是，他可要牢牢記住，今後別跟精靈打交道，因為他絕對受不了這種類型的傢伙。

有一個齊格弗里德在就讓人吃不消了，再來一個巴蘭德，他絕對會發瘋。

他想了想，像巴蘭德這種精靈能夠交友滿天下，還毫無敵人的存在，除了這人滔滔雄辯的口才、自傲自負的性格之外，想必巴蘭德臉上不時掛著的優雅微笑，也佔了一部分的優勢吧。

老實說，巴蘭德是個幽默風趣的精靈，雖說他看事情總是反其道而行，好比人人都敬而遠之的魔鬼，他偏偏與其成為朋友。這還不打緊，他只要一跟齊格弗里德見面，嘴邊不損對方一下好像不行似的。

說書人很喜歡巴蘭德個性中那種莫名的開朗性格，他看出巴蘭德對一般人心中的是非觀念有不同的定義，見這兩個非人類的傢伙相處的融洽氣氛，他不禁暗笑一下。

聽完巴蘭德的長篇大論，說書人鬆了口氣，說道：「謝謝你帶我到這裡，知道齊格弗里德還活著，我就放心了。」

「什麼，原來你不知道他身為魔鬼的優勢嗎？」巴蘭德一臉誇張的驚訝神色，「我告訴你，所謂的魔鬼，就是你把他捏圓搓扁，拖他撞壁，逼他跳海，用矛刺他幾百個窟窿，拿刀砍他幾千下都還不會死的有趣生物喔。就算受傷也要不了他的命，你大可放心。」

齊格弗里德偷聽到巴蘭德這樣形容他，再也忍受不了這個該死精靈的口無遮攔，連忙插進兩人之間的空隙，暴怒地喊道：「你才是那個有趣生物咧！我警告你閉上尊口，否則我就……」

「就怎樣？」巴蘭德滿臉春風的微微笑著。

「殺了你！」

巴蘭德搓了搓下巴，質疑地看向齊格弗里德，「你殺得了我嗎？別忘了，你是魔鬼，我是精靈，咱們雖然互不侵犯，不過若是惹怒我，你也別想在此過得快活……」

「巴蘭德！」

「別吼得這麼大聲，你鬥不過我的，魔鬼。」

齊格弗里德瞪著一對紅眸，見巴蘭德踩住他的痛腳不放，於是氣憤地轉身，跑去踢永生之樹的樹幹宣洩。

「齊格弗里德，那是我種了七百年的永生之樹，請不要像個小孩似的破壞植物景觀好嗎？」巴蘭德語氣平淡的勸解道。

「不要你管！」齊格弗里德氣得冒火。

施洛德大感驚奇的看著那兩人的互動，沒想到一向不可一世的齊格弗里德，居然會敗在一個精靈的嘴下。

他看著看著，突然佩服起了巴蘭德，也想向對方討教幾下，好讓齊格弗里德嘗到苦頭……不過，他還是先看情況再決定好了。

一道柔和輕快的夜風襲向說書人，將他蓋住右臉頰的髮絲吹開，進而露出一雙充滿笑意的灰藍色雙眸。

宛如在寒冷的初春灑向大地，使人感覺舒服的溫和陽光。

第三章 夜之頌

Achte Aufzug : Hymnen an die Nacht

夜深之際，在一座鄰近星光之湖的森林，傳來男女相互追逐爭吵的聲音。

「我叫你不要跟著我，舒瓦茲，為什麼你老是聽不懂我說的話？」

「我向妳表白了那麼多次，蒂爾德，為什麼妳老是不明白我的心意？」

一個頭上繫著清麗的馬尾髮式的精靈少女，臉色煩悶的穿越森林，讓月光照耀在她嬌小的身軀，令其身上的銀色薄紗反射出柔和的銀光。雖然她看起來有股尊貴的美麗，卻因為身後跟隨她的一團黑影而心情欠佳著。

在月光持續的照耀下，黑影現出了明確的形態，那是一個穿著烏黑斗篷的白髮男子，正在對精靈少女陪著燦爛的笑臉。

名喚蒂爾德的少女，仰起小巧的下巴，冷冷道：「愛說笑，你是聲名狼藉的變態魔王，要是被你看中還真不幸！」

舒瓦茲不甘心地懇求道：「我哪裡變態了？妳看我年輕出色，與妳站在一起真是俊男美女的畫面！我和妳速配得讓旁人看了，都不知道有多嫉妒，妳為什麼不懂我愛妳的心，跑去跟一個老頭子在一起呢？」

「拜託你，這種丟人的話不要自己說得那麼陶醉好嗎？」蒂爾德生氣地說：「你再辱罵巴蘭德，我就跟你絕交，連朋友都沒得做。」

「不用說的也行，我還可以唱歌啊。最近人類的世界，有一種叫做歌劇的藝術表演，我可以用它向妳表白！」舒瓦茲說著，好像真的要對蒂爾德高歌一曲似的。

「我可以請你住嘴嗎？你這個音痴唱起歌來，只會嚇走整座森林的小鳥，我還想在這裡欣賞風景。」

「我看不用了吧？憑妳美麗的容貌，任何一個精靈都相形失色。妳是這片仙境最美的

花仙子，蒂爾德，讓我為妳歌詠一曲。」

「請你不要白費功夫了……舒瓦茲，你是不是忘了，我已經是別人的妻子，你不應該一而再的向我示愛。」

「別人的妻子又怎樣，我就是喜歡妳當人妻之後的成熟韻味啊！好美，妳真的好美，我瘋狂地迷戀著妳，這點連巴蘭德都做不到！」舒瓦茲毫不在乎地說著，眼神充滿了痴戀對方的熱情。

「夠了，你是變態嗎？」蒂爾德有氣地白了他一眼。

「不是啦，我只是想表達內心對妳源源不絕的愛戀……」

「你快把我煩死了，身為一個魔王，你不像人類寫的小說一樣去抓公主，反而只會抓小男孩帶回家玩樂，不好好對抗登門求戰的勇者，只會像個花痴似的跟著我……你這是哪門子的魔王？身為你的朋友，我真是替你感到可悲耶！」

「唉呀，妳別這麼說嘛，我這個魔王位置，雖然坐得挺舒服，還不就是從我老爸那裡接過來的嗎？再說，魔王這職業不好當，整座仙境只有我們一戶人家代代相傳。至於妳說的公主和勇者，我才沒興趣呢。」

舒瓦茲舉例的說：「公主只會亂花我的錢，勇者只會賣弄他的肌肉和舞劍的本事，跑到我家翻箱倒櫃找寶物……我就不明白，閒著沒事找什麼麻煩，征服什麼世界嘛，我只要征服妳就夠了。」

蒂爾德對舒瓦茲落落長的一篇「魔王論」，真是一點興趣也沒有，她只想早日擺脫他。她緩慢地轉身過去，喃喃地說：「罷了，我不管你要成為什麼魔王。我只想問，你一天到晚跟在我屁股後面，滿嘴愛呀愛的，到底想怎麼樣？」

「怎、怎麼樣……當然是把妳從巴蘭德身邊搶過來，做我的魔王夫人！要不是我們倆種族彼此對立，憑我們從小一起長大，感情如此融洽，怎樣都輪不到那個愛露腹肌的暴露狂娶妳啊啊啊——」

蒂爾德發怒地揪住舒瓦茲的斗篷領口，低聲威喝道：「你敢說我老公壞話，不要命了啊？」

舒瓦茲可憐兮兮地瞅著她，哀求道：「蒂爾德，告訴我，我胸口燃燒著對妳無窮無盡的愛火，該怎麼熄滅才好？」

蒂爾德聞言，於是走出森林外，往星光之湖掬起一些湖水，往舒瓦茲臉上一潑，「如何，火熄了沒有呀？」

舒瓦茲滿腹無奈地用手擦掉臉上的水，「蒂爾德，妳不要對我這麼狠心嘛！」

「我討厭你，討厭你，討厭你——這樣夠不夠狠心？」

「不，光只有這種程度，不可能逼退我對妳的感情，我愛妳愛得死去活來，若是得不到妳，我寧願去死……」舒瓦茲說完，就在蒂爾德面前跪下單膝，開始他每天的例行公事。

是的，他向蒂爾德求婚，再被她薄情的拒絕，這就是他們兩人之間鬼打牆的相處模式。

雖然一直處於被拒絕的情況，可是舒瓦茲從來沒有死過心。他無視蒂爾德已為人妻的事實，總是待在自己的古堡吶喊「蒂爾德，我愛妳」之類的話，最後他被母親一腳踢出來，叫他想辦法找個老婆回去，否則霧之魔王就要換人當了。

「算我求妳好嗎？請妳跟巴蘭德離婚，嫁給我吧！」舒瓦茲懇求地說：「沒有妳，我回不了家，沒有妳，我生不如死！」

「你不回家，要死不活……這些都跟我沒有關係吧？」蒂爾德臉頰滑過一行冷汗，漠然地看著舒瓦茲，對他苦苦的哀求舉動早已麻木，「舒瓦茲，你還是省省力氣吧，你已經向我求了一百年的婚，難道還不想放棄嗎？我坦白告訴你，我跟巴蘭德彼此相愛，沒有離婚的打算。」

舒瓦茲還跪在地上，自以為情聖的模樣，「不，除非妳讓我死心，否則以我堅強的個性，我不得到妳絕不罷休！」

蒂爾德嘆了口氣，「普通人在這種情況就該死心了，你不但是個執著的變態，還是無理取鬧的大笨蛋！你到底有沒有搞清楚狀況？與其說你堅強，不如說你是一隻打不死的蟑螂。」

舒瓦茲搔搔他頭上的犄角，「妳說什麼？」

「我說你是一隻有白毛觸鬚的蟑螂，打也打不死。」

「蒂爾德，妳怎麼能如此無情呢？要知道，這一切都只是因為我愛妳！雖然情關難過，但是我打死不退，還要越戰越勇，我不是什麼魔王，我是為妳而生的愛之戰士！」

「天啊，我頭好痛。」

蒂爾德被舒瓦茲這個變態跟蹤狂從早到晚跟在後面跑，只要她一走出家門口，舒瓦茲就會從銀霧森林追到她面前，黏著她說些求愛的言語，也不顧別人受不受得了的心情。

現在的蒂爾德，恨不得拋棄與他之間的友誼感情，一腳踢飛舒瓦茲，或者用精靈魔法，把他封印在某種結界裡面，再也不用看到他的臉。

她只想安靜地散步，卻老被這個魔王糾纏不放。誰來告訴她，有什麼一勞永逸的辦法呢？

蒂爾德沉思片刻，然後扣響手指，靈機一動的說：「舒瓦茲，不然這樣好了，為了讓你死心，我提出一個條件，要是你可以做得到，我就考慮嫁給你。」

「真的？」舒瓦茲欣喜的目光直盯蒂爾德。

「其實，巴蘭德身邊收了一個英俊的人類僕從，我想跟他要來作伴，但是他居然拒絕

我，所以我跟他吵了一架。要是你能弄到一個可愛的人類孩子給我，證明你比巴蘭德更愛我，那我就跟你結婚。」

「蒂、蒂爾德，這麼簡單的小事，請放心交給我吧！」舒瓦茲感動地握住蒂爾德的雙手，「妳要什麼樣的孩子，能否把詳細的外貌告訴我呢？」

「嗯……這個嘛，首先當然要有像雪一樣潔白的皮膚，像黑檀木一樣烏黑的眼睛，像血一樣鮮紅的嘴唇，女孩子當然是最好的，但是男孩子也不錯。」

「我明白了，請妳等我，不出幾天，我馬上找到這樣的小孩送來給妳！」

舒瓦茲不等蒂爾德回應，一溜煙的就跑走了，看來很有幹勁。

蒂爾德被遺留在原地，看著舒瓦茲狂奔的身影，直到他身上那件黑色套頭斗篷在她眼中縮成一個小黑點，她的心中才泛起不祥的預感。

其實她並不缺什麼僕從，只想藉故刁難舒瓦茲……可是聽說舒瓦茲那傢伙身為霧之魔王，常常在森林起大霧的時候，攔截路過的旅人，搶走他們可愛的孩子。

看來傳聞是真的了。舒瓦茲專門搶小男孩，帶回他的古堡，幹些奇奇怪怪的勾當……

慢著，他該不會真的能抓到擁有她指定特徵的小孩吧？

這個變態的魔王是認真嗎？蒂爾德憂心不已地陷入自己的思緒。

精靈巴蘭德為齊格弗里德與說書人舉行的茶會，安置於一座終年開滿玫瑰的莊園。各式茶點與典雅的茶具擺放在餐具齊全的長餐桌上，醇香撲鼻的紅茶氣味瀰漫於茶會，增添獨特的吸引力。

只不過看似和平，實則暗潮洶湧的茶會，卻讓齊格弗里德一點興趣也沒有。他冷冷地看著各自坐在長桌一角的說書人和精靈，緊抿著唇不說話。

巴蘭德遣走布置茶會的小妖精，向說書人與齊格弗里德招呼地說：「來吧，在我們品嚐美食前，不妨聊聊天。齊格弗里德，你不吃我為你準備的馬鈴薯泥嗎？」

齊格弗里德不肯坐下，暴怒不已，「我為什麼要吃？」

「我聽人類說，馬鈴薯被稱做魔鬼的蘋果啊！很好吃的，你別再鬧彆扭了，嚐一嚐吧？」巴蘭德眼神暗示道：「快點坐下，你塊頭這麼大還站在那邊，很礙眼的。」

齊格弗里德既生氣又無法反駁巴蘭德，只好用力坐在椅子上，使其發出好大一道聲響。

說書人觀察精靈與魔鬼的互動，他揚起嘴角，朝坐在他面前的齊格弗里德笑道：「情況好像越來越有趣了。」

齊格弗里德聞言，立刻翻臉，「你少在那邊看戲！」

「我原本就是來看戲的，不是嗎？」說書人火上加油，一副唯恐天下不亂的笑臉，激得齊格弗里德大怒。

巴蘭德倒完桌上的三只茶杯，對兩人充滿敵意的互視目光感到驚訝，「你們才剛坐下來，就迸出激烈的火花。施洛德，聽齊格弗里德說你們感情不好……想不到是真的。」

說書人愣了愣，微笑道：「好說，像這種情況只是家常便飯罷了。」

「好吧，姑且把你們的過節擱下，現在還有其他事要辦。」巴蘭德拿起茶杯，輕飲一

口，臉上浮現舒暢的神情。

說書人問：「什麼事？」

「當然是喝紅茶囉。」巴蘭德滿意地看著兩人。

齊格弗里德沸騰著怒火，忍無可忍地說道：「巴蘭德，你什麼時候才能改掉把紅茶當水喝的習慣？」

巴蘭德見齊格弗里德不高興，於是轉移話題：「你今天情緒不太穩，好像一直在發牢騷。身為你的摯友要給你一個建議，不妨喝杯紅茶冷靜一下。」

「一點都不甜的飲品，休想我碰它！」齊格弗里德不滿的雙手環胸。

「別這麼說嘛，紅茶的滋味比你吻過的女人更美好，比葡萄酒的口感還要滑順哦。」

齊格弗里德對熱誠推銷紅茶的巴蘭德感到火大，當他發現說書人鎮定地喝著紅茶、巴蘭德高興的分享喝茶經驗，他心中的怒氣就到達了一個頂點。

巴蘭德緩緩說道：「施洛德，今天的紅茶挺不錯的，不苦又不澀。」

說書人點頭，「不錯喝，你泡茶有特別的秘方嗎？」

「當然，我每天都會採集朝露加進紅茶，這是我不外傳的秘方喔。」

「那麼除了喝茶，你還有搭配的點心嗎？」

「好的，你要來份楓糖鬆餅，還是奶油糖蛋糕？」

齊格弗里德無法忍耐眼前兩個男人淡定喝茶的模樣，便不理智的叫囂起來，「我說……除了吃喝以外，你們能不能找其他事來做？」

巴蘭德否決道：「不行，我太累了，替你走了人類社會一趟，我要好好慰勞一下自己。」

說書人則一副旁觀者的態度，也幫忙勸齊格弗里德的說：「喝茶吧，你在那邊鬼吼鬼叫沒任何意義的，懂嗎？」

齊格弗里德根本坐不住，但是除了陪這兩人喝茶以外，他也不知道能做什麼，只好盡可能壓抑自己的不滿，讓氣氛再度回歸於優雅寧靜的茶會時光。

說書人放下茶杯，讚美地看著巴蘭德，「閣下說話的技巧很高超，把齊格弗里德治得服服貼貼，真厲害，連我都想討教幾招。」

巴蘭德放下叉子，微笑地說：「哪裡哪裡，你的技巧也不差。人類感情的力量真強大，你才剛來這裡，那傢伙看起來就正常多了，害我白擔心了好多天，早知道他掛念你，我把你帶來這裡就好了。」

「什麼?齊格弗里德發生什麼事情了嗎?」說書人暗中瞄了齊格弗里德一眼，看見他正以在意的目光死瞪著巴蘭德。

「我曉得你們的事喔，你一直努力想殺了他，但是一直失敗。而他也一直想刺激你殺了他……這件事已經傳遍夜之國度，是家喻戶曉的熱門話題。」

齊格弗里德氣急敗壞的大吼：「慢著，我不是告訴過你，千萬不能講給第三個人知道嗎?」

「對啊，但是這種事情真的太有趣了。古語有云，好東西要跟好朋友分享，所以我讓所有精靈和小仙子都知道這件事了。」巴蘭德說完，瞇著眼睛微笑，一副要別人稱讚他的表情，「對了，我介紹你們給蒂爾德認識的時候，就用這件事當作開場的話題好了。」

「不必了吧。」

「不准你說！」

說書人與齊格弗里德憤怒的異口同聲道。

巴蘭德愣了一下，「看不出來你們在這麼短暫的時間，已經建立了革命情感，我好羨慕。」

「好啊，你這個大嘴巴，無時無刻都想損人是吧。」齊格弗里德說。

「我的嘴巴挺豐厚性感的，謝謝讚美。」巴蘭德答。

「沒有人想讚美你！」

說書人厭煩地聽著巴蘭德與齊格弗里德爭吵的對話，總是那些沒意義的內容。他皺皺眉，清清喉嚨，眼神便轉向巴蘭德，問：「蒂爾德是誰？」

巴蘭德答道：「她是我的妻子，也是一個美麗的精靈……你運氣不好，她剛好去森林散步了，要等一會才回來。」

說書人想了想，又問：「你跟齊格弗里德認識多久了？為什麼他會在這個地方，難道你不怕他給你添麻煩？」

巴蘭德與齊格弗里德愣了一下，他們彷彿被凝結的氣氛束縛，遲遲沒有說話。

說書人莫名其妙地看著他們。

「你們一個個廢話都這麼多，煩死人了。」齊格弗里德首先打破沉默。

巴蘭德毫不掩飾自己的大笑聲，也不迴避說書人訝異目光地看著他，「你會問這種問題，可見得你不瞭解他，齊格弗里德雖然帶著優越感，嘲笑世上的一切。世人只道他是美麗可怕的魔鬼，卻不曉得他很多不為人知的軼事，讓我說給你聽吧！」

齊格弗里德脾氣不好地叫道：「閉嘴，巴蘭德！」

巴蘭德不理他，以沉著的口吻說了下去：「我跟你說實情，魔鬼在夜之國度只能過著無聊的日子，因為他現在連做壞事的力氣都沒有。」

說書人眼睛一亮，「不會吧？他是邪惡的魔鬼，不是嗎？」

巴蘭德嘆息道：「唉，人類世界有太多會搞壞身體的東西，我也因為這點而不常到那裡去，沒想到齊格弗里德這傢伙待了幾百年，當他拖著奄奄一息的身體跑來這裡，我還真被他的慘狀嚇了一跳。」

「聽你的說法，尊駕豈不是活了好長一段時間？」說書人沉思道。

「是的，我不僅知道你是誰，怎麼與齊格弗里德認識，包括你們現在的情況，我也瞭若指掌……同時，我還知道齊格弗里德的過去，他不是一個如你所想，在邪惡的祝福下出生的魔鬼，而是受了光明的滋潤，像你一樣曾經相信愛……」

齊格弗里德這時站起身，走到巴蘭德身邊，惱怒地瞪著他，「夠了！叫你不要說，你偏偏口若懸河說個不停！怎麼，難道你要我把你的私事也講出來嗎？」

「哦，我才沒有什麼私事可說，因為我這個人向來光明磊落！」

「是嗎？我知道你明明是個兩千歲的老精靈，卻娶了一個只有三百歲的精靈當老婆……」

「那又怎樣，不許你侮辱我可愛又迷人的蒂爾德！」

「是啊，別人以為你有一副成熟的軀體，沒想到你私下是個戀童癖，娶了一個小女孩當老婆。只要她說的話，你什麼都聽，已經愛她成痴了。」

「不行嗎？」巴蘭德冷哼道。

齊格弗里德頭痛得要死，卻無法阻止巴蘭德長舌婦般的行為，「我懶得管你行不行！還有，你可不可以別再說下去了啊？」

「不行嗎？」巴蘭德有些挑釁地問。

「算了，你愛講就繼續講，恕我不再奉陪下去！」齊格弗里德氣得化成一道閃光，隨即消失在兩人面前。

經過一段怪異的沉默，巴蘭德玩味地看著說書人略顯愕然的模樣，他很有禮貌地朝說書人點頭微笑。

「我真搞不懂，齊格弗里德擁有一身貴氣的出眾外表，為人只不過帶了幾分傲氣而已，像他這種執著於行惡美學的魔鬼，現在不多見囉？」

說書人咳了一聲，存心裝成聽不懂巴蘭德話中有話的無奈神情，「如果你喜歡，就應該早點把他帶走，別讓他跑到人類社會，省得眾多少女被他迷倒！」

「聽你這種口氣，你是嫉妒，還是討厭？」

說書人被巴蘭德逗得為之語塞，他沉悶地轉開視線，不想多作解釋。

巴蘭德目光大膽地投向說書人的眼底，語氣充滿挑撥，「施洛德，不管你們的想法、言談之間，總會透露出針鋒相對的氣息，就跟世仇一樣。但你到底是恨他多一點，還是重視他多一點？」

「不要誤會了。我只是不明白，他為何從我面前消失離去，才會答應你來見他一面，順便要他給我一個解釋罷了，沒有其他意思。」說書人避重就輕地回答。

「真的只有這樣？」

「要說更多的話……我跟他還有契約關係，不能讓他就這樣跑了。」

「原來如此，不過我對你們的事很感興趣，能否抽空把詳細經過說給我聽？這搞不好是我聽過的故事，最精彩有趣的一個！」

說書人打量著他，思考自己該怎麼回答。沒花多久時間，便以職業性的溫柔笑容答道：「恕不奉告。」

話說魔王舒瓦茲披著烏黑的斗篷，站在一座終年飄滿白霧的森林，躲在濃霧與樹林之間，等候有人經過森林時，準備見機下手。

一道皎潔的月光揉合濃霧，均勻地照射在森林頂端，使得藏身在樹下的舒瓦茲被沉重的陰影掩蓋行蹤。

他放眼望去，前方那條由星光點綴的夜色道路，交界於現實與虛幻，並且向森林的深處延伸過去，宛如一條血色河流。

舒瓦茲浮現一道淡然微笑，另一道棲息他臉上的黯沉陰影，卻無人看見。

遠處的風聲呼嘯作響，似是人類隱沉的嘆息。

舒瓦茲走出森林的陰影，站在道路中間，月亮柔和的光芒灑在他高大的身軀，進而反射在連身帽緣的金邊，激盪出誘人的反光。

他振振寬大的袖口，讓磅礴的夜風侵透他的肉體，吹起他明亮的白髮。

他靜靜地站著，深紅色的眸子微眯著，如獵豹般的瞳孔縮細，然後再縮細，一如野獸

狩獵之前的準備，必須磨利爪子，才能將獵物一舉擒獲。

獵物，就在遠處——正往這裡風塵僕僕地趕來，拚命趕來。

舒瓦茲微微低頭，抿直的唇線揚起。

「是狩獵的時候了。」他用只有自己聽得見的聲音，喃喃地低語著。

一陣混合了灰塵與沙，馬蹄與嘶叫聲的震動掠過了銀霧森林。舒瓦茲不為所動，仍舊直挺挺地站在道路中央，以從容不迫的神態，等待旅人的駕臨。

過了一會兒，在他前方出現被濃霧包圍的模糊身影，跟隨著馬蹄劇烈步伐的，則是男人咒罵的喘息聲。

流過森林的微風，輕輕吹向舒瓦茲的臉龐，以及長在他頭上一對代替聽覺功能的黑色犄角，風的聲音把遠處的動靜忠實傳達到他的知覺神經。舒瓦茲的聽覺靈敏，他摒棄一切雜音，清楚地聽見人們在遠方談話的內容。

「爸爸，爸爸！」小男孩的聲音懇切道：「讓馬兒停下來吧，我們已經從梅林馬不停蹄地趕到這裡，母親派來的殺手不會再追來了。」

男人焦慮道：「不，這裡可是有霧之魔王棲息的森林，我要帶你離開這裡，到另一個城鎮。你到了那裡，沒有人會嘲笑你長了一對黑色翼耳，也沒人會想殺害你……再忍耐一點，聽爸爸的話！」

「爸爸，我知道您非常疼愛我，才決定背著母親的意思，把我帶出村子，送到親戚家寄養……但是我這樣的孩子只會拖累您，讓我成為魔王的祭品，這樣村子裡的人才不會受到迫害。」

「不要說笑話！我怎麼會讓自己的兒子受苦，雖然你長得和普通小孩不一樣，但是我不會親手把你交給那個萬惡的魔王！」

馬蹄聲混著男人與小孩的喊叫聲，傳進舒瓦茲的犄角裡，特別是小男孩的聲音柔細清澈，長相應該也很討人喜歡——藏身在霧中的魔王愉悅地想著。

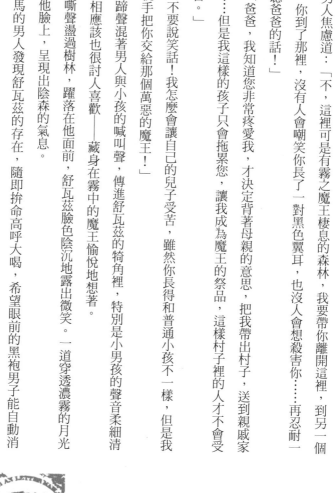

馬嘶聲盪過樹林，躍落在他面前，舒瓦茲臉色陰沉地露出微笑。一道穿透濃霧的月光投射在他臉上，呈現出陰森的氣息。

駕馬的男人發現舒瓦茲的存在，隨即拚命高呼大喝，希望眼前的黑袍男子能自動消失，只是對方一點動靜也沒有，使男人在情急下拉緊韁繩，因力道過猛而摔得人仰馬翻。

馬兒受了極大的驚嚇，不等男人叫住，隨即踢著「躂躂」的腳步落荒而逃。

男人身陷一場混亂的騷動，加上他日夜趕路，早已筋疲力盡。他看見馬兒跑了，孩子躺在地上昏迷不醒，便氣憤地瞪視穿著黑袍的男人。

「你是誰？」

舒瓦茲凝視著男人，簡短答道：「霧之魔王。」

男人聞言，臉色變得蒼白，腳步不斷地退後。他抱住小男孩，懾於舒瓦茲的名號與邪惡的模樣，緊張得牙齒不停打顫，「有、有有有什麼事？你要做什麼？」

「你的孩子滿可愛的嘛，把他交給我，這樣你就會平安無事。」舒瓦茲舞動尖細的爪子，散發超出常人的壓迫感，「你聽過我的名字吧，不想受傷離開森林的話，就把小孩留下。」

「不行！他是我可憐的孩子，不能交給霧之魔王！」男人拉緊小男孩水藍色的斗篷，立即替他戴上兜帽，不肯讓舒瓦茲看見他的臉。只是很可惜，儘管男人保護的動作做得再好，都藏不住小男孩灰銀色的髮絲。

舒瓦茲目光厭惡地說：「你要是不聽我的話，我就殺了你，再殺光你們村子的人，你的孩子一樣要被我帶走！」

男人狐疑地看向舒瓦茲微笑的面孔，以及那雙閃動奇異光芒的紅眸，他恍然大悟地點頭說：「我知道了，你看他細皮嫩肉，所以想把他給吃了！」

舒瓦茲聽了男人的指控，他又嗆又咳，差點喘不過氣，「混帳，我像那種粗魯的魔物嗎？本魔王每逢初一十五吃素，就算要吃肉也會去市場買！廢話說了這麼多，你到底要不要把小孩給我？難道你想死嗎？」

男人受了舒瓦茲的威脅，早已心生恐懼，他在霧之魔王深邃陰森的紅眸底下，乖乖把小男孩放下，不捨地把一本又厚又大的故事書放在孩子身邊，最後黯然離去。

舒瓦茲見男人走了，臉上顯露出一抹得逞的笑容，接著抱起那個可憐的孩子，脫下他的帽子，玩味地欣賞懷中嬌小身軀的銀髮與翼耳，以及他熟睡的小臉。

「我的乖孩子，現在你是我的了！等我帶你回城堡，替你打扮之後，你就是我獻給蒂

爾德的禮物……好了，睡得香甜一點，別現在就醒了啊。」舒瓦茲撿起書本，自言自語地說著。

他抱著小男孩緩緩開步，伴著身邊瀰漫的濃霧，消失在森林深處。

第四章 夜之頌

Achte Aufzug : Hymnen an die Nacht

舒瓦茲把小男孩帶回座落於森林東邊的山頂城堡，那是身為魔王一族居住的要塞，地勢高聳險峻。雖然整座山給人一種陰森森的感覺，但是當月光由岩頂灑下，城堡看起來閃閃發亮，宛如用黃金雕塑而成。

夜之國度有三個月亮，分別為黑、紅、黃三色，因此這裡一直都是夜晚的狀態。月亮們的柔和光暈，替生於山麓的冷杉樹染上一層夢幻的色彩，更是屬於黑夜的光芒。

舒瓦茲走進城堡大廳，陰冷的狂風便從他身後敞開的大門，呼嘯地吹了進來。他看著四周環境，吩咐女僕把懷中抱著的小孩安置在大廳角落，他轉身把大門關上，卻被一群衣著華麗的孩子團團包圍起來。

「魔王爸爸回來了耶，爸爸我們好想你喔，有沒有帶禮物回來？」

「爸爸，城堡裡面好無聊喔，你再建一座花園給我們玩嘛！」

舒瓦茲被六個小孩壓得喘不過氣，連忙把他們像八爪章魚的手腳撥開，臉色帶著恐懼的退到門邊，活像被鬼上身似的。

「你、你你你們對我的城堡做了什麼事？拜託你們饒了我，都已經花錢買衣服給你們穿了，難道還不滿足嗎？」

孩子們異口同聲道：「當然，誰叫你把我們從森林擄來這裡，結果居然是個鳥不生蛋的地方，害我們好失望！為了賠償我們幼小的心靈損失，你要日夜工作賺錢，直到把我們養育成人為止。」

舒瓦茲聞言，他原本因恐懼而蒼白的臉色，這下子變得更加蒼白了。他的身體搖搖晃晃，虛弱得就像一張白紙般單薄。

「不是吧？我明明說過，你們可以回家的啊！」

孩子們安靜了一下，紛紛抬起臉，用天真無邪的童聲說：「我們比較喜歡魔王爸爸，所以決定不回去，要留在這裡孝順您。」

舒瓦茲望著這群一臉天真，輕易說出毫無誠意的違心之論的孩子，他頭痛得只想去撞牆，以懲罰自己年輕時犯下的愚蠢錯誤，「別再騙人了，你們分明喜歡的是住在這裡的生活！」

此時，一道踩著高跟鞋的腳步聲，隨著外形美豔的中年女性的身影傳進大廳，就像故意諷刺舒瓦茲處境的說：「這就叫做自作孽不可活，誰叫你閒得沒事做，抓了一大堆小孩回來，現在嘗到苦頭了吧？」

「媽啊！」舒瓦茲朝女性叫苦地喊道：「現在只有妳可以救我了，這些小鬼太可怕了，求求妳派人把他們從我眼前帶開！」

中年女性無奈地嘆了口氣，飛快地朝身後的女僕使眼色，才結束一場大人與小孩的大混戰。

舒瓦茲發現麻煩的小孩都被女僕帶走了，他迅速恢復本性，又止不住興奮地和母親交

談。當他誇耀自己的魔王本色足以嚇跑凡人，還順帶搶到一個小孩的時候，卻被他既仁慈又有威嚴的母親狠狠潑了一大桶冷水。

「你還沒有學乖啊！都已經被小孩整得死去活來了，居然又去抓一個小孩回家，你想在城堡開托兒所嗎？」

「不是啦，這次的情況比較特殊……」

「我還記得你父親當魔王的時候，他總是把統一夜之國度視為終極的夢想……可是換你繼任後，你不像他一樣勇猛果敢，反而還四處抓小孩回來，不停增加城堡僱請女僕的人事費用。」女性冷嘲熱諷地說：「舒瓦茲，請告訴我，你是哪門子的魔王啊？」

舒瓦茲不敢相信地看著自己的母親，「嘿，媽！妳怎能這樣評論自己的兒子？再怎麼說，我也為咱們家傳的魔王產業努力至今，沒有功勞總有苦勞吧？」

「你滿足這樣的現況，沒事跑去森林當綁架魔，或是追求女人，這我沒話說。但是你大概不曉得，住在山頭另一邊的夜之精靈是如何評論你，把你的事當成飯後笑話來談的吧？」

「喔，別管那些俗世的紛擾好嗎？我才不在乎，只要能把蒂爾德搶回來，就算放棄魔王之位……」舒瓦茲一副充耳不聞的任性樣子，直到他看見母親冷鬱發火的面孔，他怕得改口說：「親愛的媽媽，我的實力正在一天天的增長，先讓那些尖耳朵的精靈笑個夠，總有一天，我們魔王一族會稱霸夜之國度的！」

「但願你十分鐘後，還記得你現在說的話。」中年女性聲調平靜，臉上還是有一些不滿意的神情。不過在舒瓦茲四兩撥千斤的轉換話題下，她嘆口氣地問：「說到蒂爾德，你還沒把她弄到手嗎？一個當魔王的人，要用非常手段取得勝利，你再扭扭捏捏下去，當心我踢你出門！」

舒瓦茲眼中浮現驕傲之色，「別擔心，我這次有絕對的把握，蒂爾德會心甘情願地嫁給我，只要有這個孩子……」

女性皺著眉頭，一邊打量舒瓦茲帶回來的小男孩，一邊伸手將他頭上的兜帽往後拉。她看見躺在地上的小孩，居然有一對宛如翅膀的黑翼耳，她看向兒子的眼神，摻和了一絲疑惑。

「舒瓦茲，你確定過這孩子的血統嗎？他看起來不像人類！」

「嗯，我知道。不過別擔心，反正他這麼可愛，就算不是人類也無所謂啊！」

中年女性無奈地撫著額頭，她的兒子什麼都好，就是想法過於輕率。

「你別把『別擔心』這句話掛在嘴邊，不給我惹麻煩就夠了！」

舒瓦茲咧嘴笑道：「是，親愛的媽媽，這裡一切有我，請您回去休息吧。」

望著舒瓦茲那副輕浮的模樣，中年女性有些頭痛的心想，她不曉得身為魔王之母該有怎樣的風度，可是她知道，自己總是拗不過這個寶貝兒子，於是便不情願地離開大廳。

此刻，寧靜的深夜伴著三輪明月，柔和的光芒彼此挨擠的湧進城堡狹窄的石窗，照亮了小男孩沉睡中的臉蛋。

舒瓦茲轉身，瞄著被藍色斗篷裹住的嬌小身軀，他走了過去，蹲在地上，將孩子蒼白的面孔盡收眼底。

他發現小男孩有張可愛的臉，而且穿著不俗，除了頭上一頂插著淺紫色羽毛的貝雷帽，腳上穿著長至小腿肚的白襪，一雙有跟的短靴，再來是身上那件繫著帶子的及膝斗篷……

舒瓦茲冷靜地看著小男孩，心想他在斗篷底下，到底穿著什麼衣服？舒瓦茲越想越好奇，最後決定拉開淺色絲帶，一窺斗篷裡的奧妙。

他的手越過小男孩的肩膀，來到了胸口。正當他打算用力拉開斗篷，卻被另一股冰冷的手抓著不放。

舒瓦茲警覺性地揚起目光，與一雙烏黑的眸子相互凝視。令人訝異的是，他竟被一個孩子安靜的眼神嚇得縮回手，彷彿任何觸碰對這孩子都是種褻瀆。

怎麼會這樣呢？一般的情況應該是這個小鬼被他可怕的樣子嚇得大哭才對啊！舒瓦茲納悶地看著小男孩，把手不安地放在褲子口袋，試著贏回一點身為大人的優勢。

小男孩把手從舒瓦茲身上，緩慢地移到冰涼的石頭地板，他神情淡漠地跪坐著，臉色沒有一絲對陌生環境的不安與害怕。即使他意識到自己被舒瓦茲強行帶來這裡，他不但沒有哭叫，也不緊張，跟別的孩子相較下有些不同。

舒瓦茲花了很長一段時間注意小男孩的模樣，他雖然覺得怪怪的，但也沒想這麼多。

直到他耐不住沉默，就握住小男孩的手，發問道：「喂，不管你是誰，難道你不想問我，為什麼把你抓來這裡嗎？」

小男孩口氣沉靜地回答：「就算我問了，你也不會放我走吧？」

「說得也是……啊，不對啦！」舒瓦茲臉色怪異地斥責道：「莫名其妙的小鬼，你怎麼不像別的小孩，吵著要我放你回去？」

舒瓦茲發現小男孩沒有說話，眼神也依然沒有改變，這個奇怪的情形引起他的注意與關心。他試著把手放在小男孩的眼前晃，看見這孩子的眼神一片黯沉，完全不受他的手勢吸引，他愣愣地蹲在小男孩身邊，半天說不出話。

「你明白我為什麼不說要回家的話了嗎？」小男孩深沉的聲音帶著歉意，說：「我從出生起，就是災難的代名詞，不但讓媽媽為了生我而死掉，也因為一雙看不見東西的眼睛，使我爸爸日夜辛苦地工作……像我這樣的孩子，如果消失了，說不定能讓一直為我耗費心思的爸爸得到解脫。」

「而且你看，我還有一雙不像人類該有的耳朵喔。」他傾著臉蛋，展示被頭髮遮住的黑色翼耳給舒瓦茲瞧，最後解釋道：「是爸爸告訴我的。」

舒瓦茲發出幾聲咳嗽打破沉寂，他感覺氣氛有些微妙，「那算什麼，我比你長得還更奇怪，你知道嗎？我根本沒有耳朵！」

小男孩發出細微的嘆息，略帶遺憾道：「是嗎？可惜我看不到你的樣子，無法證實你說的話。」

舒瓦茲知道他身為魔王，不應該對一個小孩那麼有興趣，可是他看這孩子明明年紀很小，說話口吻如此深沉老練。他感覺體內束縛理智的神經斷掉，便怒不可遏地抬起下巴。

「既然如此，我讓你看得見不就成了？」

舒瓦茲伸手蓋住小男孩的雙眼，命令他閉上眼睛，隨後低頭，發出一道唸咒文的聲音。最後舒瓦茲再度移開手掌，說話的口氣亦從強硬變得柔和。

「好了，我已替你恢復視力，你若不覺得難受，就張開眼睛看我的臉。」

小男孩深吸一口氣，蒼白的臉頰透著紅潤氣色，他試著緩緩張眼，內心卻很擔心自己看見的，還是一團渾濁不清的黑暗世界。在舒瓦茲的催促下，他迅速睜開眼睛，發現眼中

清晰的景色，居然讓他不適應地揉著眼睛。

舒瓦茲看著這孩子，注意到他烏黑明亮的眼眸深處，藏著有如一輪明月的瞳孔，相當銳利而有神——

「你看見我了嗎？」他問。

小男孩抬頭，猛然盯著舒瓦茲瞧。他張嘴，聲音有些發抖：「看、看見了……你有一對黑色的犄角，白色的頭髮，紅色的眼睛。而且，你真的沒有耳朵呢。」

舒瓦茲不耐煩地皺緊眉頭，神經質的柔聲說：「小鬼，你在取笑本魔王嗎？」

小男孩淡然的聲音，藏著一絲笑意，「我的名字叫做貝思，你呢？」

「我才懶得跟你交換名字。」舒瓦茲轉開視線，煩躁的用手支著下巴。

「那我要叫你魔王大人嗎？」貝思問。

舒瓦茲站起身，想把貝思狠狠地甩在身後。他以眼角偷看坐在地上的貝思，發現那孩子臉上帶著期待他回答的微笑，舒瓦茲感覺自己變得煩躁，只好嘟囔地說：「好煩的小鬼，既然你誠心發問，那我就回答你！本魔王名叫舒瓦茲，像這麼帥氣到掉渣的名字，要是你敢回頭忘掉的話，我會揍人喔！」

貝思微傾著臉，嘴唇像在咀嚼舒瓦茲的名字般動了幾下，「好，舒瓦茲，我會牢牢記住你的名字。」

舒瓦茲聽著貝思的聲音，雖然略帶冷淡感，卻清亮無比。透明細膩的音質劃破大廳的一片寂靜，傳到他的耳裡，撫平他煩躁的心情。

「那是當然的。」舒瓦茲一臉傲氣地看著貝思。過了一會，發現他拿起放在身邊的故事書，便問：「你在看什麼？」

「爸爸給我的書。」貝思沒有抬頭，手邊隨意地翻著泛黃的書頁，眼神著迷地注視其中一張描繪紡紗車的插圖，以及夾在書裡的劇院入場券票根。

他眨眨眼睛，對舒瓦茲說：「我自小看不見，也沒有朋友，爸爸總是唸這本書裡的故事給我聽。這些天馬行空的幻想故事很有趣，爸爸常說童話的背後，其實藏有一段真實的故事。」

「就好比說，魔鬼陷害無辜的人不幸，代表正義的天使懲罰魔鬼……這樣的故事讓人

百聽不厭，因為邪惡的魔鬼會受到教訓，天使會把幸福帶給尋找它的人。」貝思笑了笑，「你認同這種說法嗎？」

「不知道，我沒想過。」舒瓦茲聳聳肩，「這有什麼意義嗎？」

「當然有囉，因為你治好我的眼睛，我感謝你，想跟你分享我喜歡的故事。」貝思翻開書本，笑道：「每次我遇到現實不順遂的事，不開心的時候，就會翻開書，回想爸爸唸給我聽的故事，感受一點幸福的氣氛。」

舒瓦茲有些不以為然地看著他，「是喔？」

「你好像不是很認同，是不是覺得聽故事什麼的很不切實際？」

舒瓦茲學貝思坐在地上，用疑問的眼光皺眉說：「不好意思，我是個功利主義者，對我來說，實際到手的東西才是最直接的幸福，就算聽你那些所謂的幸福故事又能怎麼樣呢？你又不會因此而使人生幸福，至於悲傷的故事更不用說了！」

貝思聞言，低著頭專心沉思了一會，彷彿在思考什麼。當他抬頭看向舒瓦茲，烏黑的眼眸便帶著一絲柔和的光芒，「或許是這樣吧，畢竟這世上有太多我不懂的事……可是我知道，幸福的形式不全是具體的。」

舒瓦茲被貝思的微笑弄得不知該如何回答，只得沉默傾聽。

貝思溫和的眼光，游移在舒瓦茲懷有複雜神情的臉上，「你現在或許沒有發覺，但是每個人都會有尋找自己幸福的時候，即使你是魔王也不例外。」

「如果你一定要堅持這種說法，我只好接受了。」舒瓦茲受不了地說：「不過這跟我沒什麼關係，因為對我來說，這是逃避現實的做法。想要幸福，就該用自己的手牢牢抓住，不是寄情在虛假的故事。」

「舒瓦茲很清楚自己的幸福是什麼嗎？」貝思好奇地問。

「雖然小鬼不一定知道本魔王的心情，但是說給你聽也無妨。我有個喜歡的女人，想要一個像你這麼可愛的孩子，我要把你送給她，創造我跟她之間的幸福，這個你覺得怎樣？」

貝思點點頭，「如果我能實現舒瓦茲的幸福，就隨你的意思吧。至少對失去追尋幸福的我而言，幫助別人獲取幸福也是件不錯的事。」

舒瓦茲發現貝思面對自己滿腹的野心，依舊保持冷靜，不由得困惑地看著他，說不出話了。

另一邊，待在莊園喝茶的紳士們，遇到了夜之國度美麗的精靈。蒂爾德的出現，適時拯救說書人免於被巴蘭德滔滔不絕的言論轟炸的命運，也讓他見到巴蘭德引以為傲的可愛妻子。

經過十分鐘後，他卻開始感到懊悔。因為，在他面前那對粉紅閃光夫妻，其親密的互動程度，已經讓他想去找副墨鏡來戴了。

起初，他還可以對夫妻間恩愛的親吻景象視若無睹，但是當他們吻了十分鐘之久，說書人再也受不了的起身上前，把這兩個糾纏不清的精靈分開，「給我慢著，不管你們表演出如何深情款款的一幕，都不准在我面前親熱！」

蒂爾德撒嬌似的朝說書人甩了一個困惑的目光，「老公，這個不懂情調的人類是誰呀？」

「親愛的，不要理他，他不懂接吻的樂趣，不明白我們透過親吻使靈魂結合。」

說書人一臉鄙夷地看著兩個精靈，「喂，我容忍，不代表我接受你們可以光天化日之下吻得死去活來……你們太離譜了吧。」

精靈們嘆氣，搖搖頭說道：「你是害羞還是嫉妒啊？」

說書人拿著從懷中取出的手帕擦汗，口氣無奈道：「夠了，拜託你們考慮到我的立場好嗎？我不是不解風情，但是麻煩你們要親回房間再親……蒂爾德夫人，尊夫借在下一些時間，等會就把他還給妳，可以嗎？」

巴蘭德轉向蒂爾德，安撫地摸著妻子嬌嫩的臉頰，「親愛的，我還有正經事要辦，妳先替我招呼一下齊格弗里德，他可是我們這位戴維安先生重要的朋友。」

說書人聽出巴蘭德笑中暗示的意味，他無法辯解地別開頭。直到蒂爾德的腳步聲遠去，他才斥責地說道：「聽好，你別太逞口舌之能，說該講的話就好。」

「你想聽什麼呢？」巴蘭德笑咪咪地說道：「對了，你千里迢迢來到這個地方，就是來找齊格弗里德的，當然想聽他的事囉。」

說書人皺眉坐回原位，感覺自己多留在這裡一分一秒，都難以忍受這個道貌岸然的精靈說的話，「既然這樣，你還不適可而止一點嗎？」

巴蘭德為了緩解緊張的氣氛，先是喝口紅茶，然後才說：「我是精靈，不瞭解人類的感情，讓你如此急躁而激動，抱歉。」

「我沒有急躁，也沒有激動。」說書人解釋道：「當我知道他平安無事後，心裡打算離開這裡，回我熟悉的那個世界。可是我承認，我對精靈與魔鬼的交情很感興趣，想多聽一些你們的事。」

巴蘭德戳破說書人那句擺明是謊言的話，微笑地說：「我看你感興趣的是另一件事吧？」

說書人臉色沉了下去，他對這種沒完沒了的對話感到厭煩。

巴蘭德看出說書人臉上的不耐，他收起說笑的態度，輕聲對說書人坦白道：「我接下

來這句話只是假設，你不一定要聽。但如果你有能力減輕齊格弗里德的痛苦，你肯不肯為他去做？」

說書人問：「你在說什麼？」

巴蘭德神色沉著，說話的聲音只比呼吸聲大一些。他抬頭仰望天空，凝視了很久，看向說書人的眼神，透露出一股詭譎的氣息。

「之前我說過，瞭解也清楚你們的事。齊格弗里德用強硬的手段，把你拉進一個你不願意走進去的世界，讓你承受這麼多的痛苦，或許你曾寄託信仰，渴望藉由神的力量除掉他……在你回答這個問題之前，請先想想，齊格弗里德原本是一個完美的存在，甚至被打落黑暗的深淵。他寧願讓你恨他，也不肯相信自己受你的影響，開始相信人與人之間的愛。」

說書人傾聽精靈的話語，他沒有反應，而是冷靜的坐在原地。直到巴蘭德的聲音逼出他隱藏在腦海深處的回憶，讓他陷入未知的困惑，他強迫自己握緊雙拳，繼續聽巴蘭德說話。

「我看得出來，他早已被你改變，承不承認只是時間上的問題。」

說書人深吸口氣，忍耐地說：「我不懂你說這些有什麼目的。對我而言，他只是個堅決不信愛與真理，孤獨清高也悲哀的傢伙罷了。」

巴蘭德洞悉一切地看著說書人，「沒錯，他是惡者，只因他過去承受極大的痛苦，選擇成為與神敵對的存在，不擇手段得到人類的靈魂，都是為了打敗天使的詛咒。」

說書人打了一個寒顫，他總覺得一股冷淡的氣氛，隨著巴蘭德的語調籠罩在彼此周圍，會讓人感到自己像掉進冰窟一樣。

「你知道齊格弗里德的名字意義是光明之敵嗎？」

說書人搖頭。

「最初，齊格弗里德受了光明的祝福而生，天使稱他為晨曦之光。然而他卻犯了虛妄之罪，想要從神的手中奪取崇高的地位，終於導致齊格弗里德的墮落。」

「他重生於黑暗，被賦予為非作歹的權力。他為人輕浮，喜歡嘲弄世上的一切，討厭美好的事物，也討厭待在地獄，總是跑到凡間跟人類談交易，獲取他們的靈魂。與其他魔鬼相較，齊格弗里德不像那些醜陋粗暴的傢伙，他瞭解人性，而且信守承諾。」

「相反的，與他做交易的人類奸詐狡滑，總是打破自己的諾言，背叛他離去。齊格弗里德只能眼睜睜地看著到手的靈魂從手中溜走，你說，像他這麼倒楣的魔鬼，天底下找得到幾個？」

「的確是沒有。」說書人愣愣地答道，又問：「如果你是他的朋友，我想請問，他真正的面目是怎樣子的？」

「不，他一開始並非以俊美的外貌示人，而是一個身軀瘦弱、駝背、鷹勾鼻的男人。唯一與現在相同的，便是他臉上嘲弄世人的笑容，他能夠變身成不同面貌與不同性別的人，前一秒偽裝成高大英俊的男性，後一秒成為嬌柔可人的女性。」

「說到這裡，我不得不讚美他變身的能力無遠弗屆，好像世上沒有他做不到的事。有時候，他變成黑色的大狗，或是愛好藝術的學者，來自人類社會的俊美貴族——當他跟人類簽訂契約，就以真正面貌示人，也就是你看到的模樣。」

「為什麼他的離去，會伴隨散落的玫瑰花瓣？」說書人困惑地提問道。

「那與他過去的一段經歷有關。你可能不曉得，齊格弗里德曾經為了一名少女，不惜犯險跟他的死對頭天使打賭。」

說書人驚奇訝異，甚至不知道那個討厭女人的魔鬼，居然也有跟女人扯上關係的時候。然而此時，他內心有種特別的感覺，彷彿透過精靈之口，重新認識齊格弗里德，「他贏了嗎？」

「他輸了，而且輸得很慘。」巴蘭德停留片刻，語氣隨著回憶過去而沉重，「他想藉由少女的靈魂，贏得與天使的打賭，可是那個天使居然利用少女的靈魂，惡劣地詛咒齊格弗里德一輩子無法瞭解愛。」

「當齊格弗里德墜落於地獄深處，便融化於天使拋落在他身上、能夠變成熊熊烈火的玫瑰花瓣，於是一朵隨風吹落就會枯萎凋零的紅色玫瑰，成為他具體的化身……」

說書人聽著這段故事，雖說他無法明白齊格弗里德的過去有多麼複雜，但是他覺得巴蘭德似乎隱瞞了一些事，而那些事正是關鍵所在。

「好了，故事說到這裡。施洛德，在你眼中的齊格弗里德，到底是怎樣的一個魔

鬼？」巴蘭德感興趣地看向說書人，一改感傷的氣氛，語帶曖昧地說：「他每次提到你的時候，臉上總是流露出有些厭惡，卻又無法真正討厭你這個人的神情，所以我想他一定對你有些情感上的期盼吧。」

「那又怎樣。」說書人不帶感情地應了一聲。

「咦？只有一句那又怎樣？你如果詢問我，我才能把齊格弗里德的事解釋給你聽啊。」巴蘭德困惑道。

說書人沉默著，經過片刻的思索，為難地說：「我討厭沒完沒了的談那傢伙的事。」

巴蘭德表情沉著，「其實你怕自己越瞭解他，越被他吸引吧？」

說書人抬起頭，觀察巴蘭德的眼神。他笑了笑，很誠實地說：「可能吧，不知從何時開始，我的思緒一直放在齊格弗里德身上，他就像一個我甩不掉的夢魘，緊緊地附著在我內心深處，已經變成我靈魂的一部分。」

「這個意思是……你對他也有好感囉？」

巴蘭德這句話，點燃了說書人心中惱怒的火苗，臉色難看得嚇人。

「你誤會了，我對那個喜歡做壞事的魔鬼向來毫無感覺。」他冷冷地說：「自然談不上有沒有好感，請你轉達給他，叫他少來煩我。」

「真是的，你們兩個為什麼只在這種地方，才有見鬼的默契啊？每次我問他為何老糾纏你，是不是想跟你做朋友，他就激動得不斷對我咆哮，太奇怪了。」巴蘭德故作困惑地搔搔臉頰，一副想不通徹的模樣，「光這點，我就覺得他被你影響太深。」

「原來如此。」說書人質疑地說，然而嘴角卻留下一道淺淺的，連他自己也沒發現的微笑。

第五章 夜之頌

Achte Aufzug : Hymnen an die Nacht

被黑夜包覆的天空，散發著冰冷徹骨的寒意。令人感到顫慄的寒風，隨著時光流逝，侵入開滿各色玫瑰的莊園。

說書人靜靜地站在可以看見夜色的綠樹底下，感覺一陣顫意從背脊爬升上來。他拿起一朵藍色玫瑰，讓它在自己手中化成飛灰，他平靜的臉頰抹上一層淡然的哀傷。

現在究竟是什麼時候了?也許夜深了吧，只是在這個沒有白天的國度，大地的一切都被低垂的夜幕壓著，包括他——說書人近似胡思亂想的望著天空。

接著，一道急促而短暫的輕微腳步聲，往說書人背後站定似的重踏一聲。

說書人有些疲憊的靠著樹幹，儘管髮絲被樹枝上的露珠沾濕，他卻絲毫不在意。倒是出現在他身邊的影子，存在感吃重得讓人討厭極了。

「夜之精靈，你有什麼事？」

男子輕笑，「你在叫我嗎？」

「不然我在跟誰說話呢……你這個精靈也真奇怪，老是明知故問。」

巴蘭德朝說書人躡步而來，睜亮綠眸，向他逼近過去。直到和他並肩仰望天空，才沉思地說：「施洛德，你看！夜之國度的精靈就住在山裡、樹林裡、溪流、泉水裡、草原……只要是大自然的一分子，他們就有其生存的方法，是不是很神奇呢？」

說書人對精靈的話題感興趣地說：「那麼，他們也有感情和個性嗎？」

「當然有，只要你用心體會。」

「嗯，假如精靈是一種有感情的生物，那麼魔鬼也是囉？」

「是的，而且他們比你所想的還要感情豐富，也正因為如此，所以才會留戀俗世到不可自拔的地步，甚至因此害自己的力量被削弱，落得愚蠢的境地。」

說書人把視線從天空轉向巴蘭德身上，目光有些驚奇。

「為何你有這種說法，能否詳細地告訴我？」

巴蘭德微笑了一下，說：「好吧，舉例來說，人有豐富的感情，可以表現出溫暖的愛，卻也能表現出憎恨與憤怒。假如魔鬼是一種沒有感情的存在，那又為何想要獲得人類的靈魂，擁有人類的情感？」

說書人不習慣精靈尖銳的目光，也不喜歡被試探的感覺。他抿直唇線，覺得自己說話變得很彆扭，於是他沉默了。

巴蘭德又說：「人類痛恨魔鬼，因為他們有高傲的眼神、圖計惡謀的心眼……這一切的由來都有因果，並非毫無根據的原因，相信我，經過這趟旅行，你會更瞭解他。」

「看來你喜歡幫他說好話，告訴我，這麼做對你有好處嗎？」說書人吸一口氣，只覺得那些是無關緊要的事。然而，他知道巴蘭德試探的目光，正放在自己臉上。

巴蘭德突然陷進一個奇異的沉默，彷彿沉浸在他自己的思緒裡。這種極端的轉變，使他看起來陰沉許多，和平常那種幽默風趣的模樣有很大的不同。

說書人不習慣巴蘭德的改變，他默默打量著對方，心裡充滿焦慮。對他來說，要應付巴蘭德是件頭痛的事，因為他永遠不知道這個精靈心裡在想什麼。

就在這時候，說書人揚起目光看向巴蘭德，發現他微笑的面孔有些神秘。當說書人不滿地想表示什麼，他就從樹下走開了。說書人轉頭，發現巴蘭德走向蒂爾德，好像在說什麼悄悄話。他見到兩個精靈臉上洋溢著幸福，便感覺複雜地嘆了口氣。

當他為了轉換心情，打算到森林或是湖邊散步，卻被另一個身材高瘦，穿著打扮有如紳士的男人阻礙了行動。

「施洛德，你一個人嗎？稍微陪我一下。」

這些傢伙是約好一起找他麻煩嗎？

說書人撫著額頭，打消了散步的念頭，側著身體，讓另一個男人跟他一起靠在樹下。

「齊格弗里德，如果你對我用祈使句，而非命令句，我會感激你。」

男人不說話，臉上沒有過去那種惡意的笑容。他張著一雙長著利爪的手，微瞇如火焰般的紅眼睛，一改他狂傲、冷淡不理人的氣息，一點都不像說書人熟悉的齊格弗里德。

「少囉唆。」他輕聲道。

說書人轉向齊格弗里德，目光搜尋他壓抑的臉色，然後嘲弄道：「好久不見你了，大概半年的時間吧……你除了變得沉默以外，令人討厭的程度和從前一樣。」

「我不需要你奉承，快滾回你的世界。」

說書人隨著這場談話，感覺內心被一種滿足填滿空缺的角落。他漸漸掌握到過去與齊格弗里德相處的氣氛，即使只有一點點……他卻喜歡這種感覺。

「我會走的，等我確認你沒事之後。」

「為什麼？」齊格弗里德不相信地看著說書人，他僵硬的聲音在凝結的空氣中遊走，很直接的穿透說書人的耳膜。

「誰叫你不說一聲就走，我擔心你是理所當然的事吧？」

「我又不是人類！」齊格弗里德口氣不好地罵道。

「但我是人類啊。」說書人笑臉迎人。

齊格弗里德發現不管氣勢、嘴上功夫都鬥輸說書人，於是心浮氣躁地瞪著他，「我已說過會徹底消失在你眼前，決計不再見你……我都按照你的希望做了，為什麼你還要來打擾我？」

說書人見齊格弗里德一副不耐煩，卻忍受某種苦痛的模樣，一瞬間便明白，這傢伙原來只是逃避現實罷了，「其實你希望我來找你吧？我如你所願，出現在你面前時，你其實高興得快要發狂了，是吧？」他故意嘲弄地說。

「什麼？」齊格弗里德怒不可遏。

說書人關心地看著他，「你以為結束一切，可以擺脫我。然而事實並不是這樣，你忘了嗎，我們還有契約關係存在，你甩不掉我的，齊格弗里德！」

齊格弗里德遲疑了一下，他想否定說書人的話卻又難以抗拒，於是表情變得冷漠嚴肅，「好啊，你也有沒做完的事，那就是把我殺了。」

「你為什麼要我殺你？」說書人著迷地看向齊格弗里德那雙紅色眼睛，好像已有數百年沒看過了。

「因為魔鬼心地醜陋，惹人討厭，引來你的憎恨。」

「沒有人恨你，是你自己恨自己。」說書人淡然道：「我已說過不再恨你了，你怎麼變得如此消極？」

齊格弗里德盛怒道：「我就是這樣，不行嗎？否則，你認為會有人愛我嗎？」

「我……」說書人張口結舌，突然間不知該選擇「會」，還是「不會」。或者，他能夠多花幾秒鐘，思考出第三種回答。

齊格弗里德無助地大吼：「說啊！這世上會有人敢不顧信仰的桎梏纏縛，選擇愛一個魔鬼嗎？」

「我不知道……」說書人淡淡地回答，「真的，我不知道。」

齊格弗里德聞言，惆悵地失笑道：「我居然滿懷期待等你回答。」

說書人道：「你覺得可笑，但是你期盼人類的愛將你帶離黑暗的地獄，對嗎？」

「胡說，我怎麼會……」

「巴蘭德把你以前的事告訴我了。」說書人嘆氣，「真可憐，你被人類背叛，所以變成這種憤世嫉俗的性格。可是你不主動愛人，也沒人會去愛你的。」

齊格弗里德飛快地反駁：「我根本不是人類，能明白那樣複雜的感情嗎？我寧願詛咒世上的一切，因為那是我的本性！」

「依我來看，你不過是害怕失去，害怕重蹈過去的覆轍，所以才用一堆似是而非的理由。」說書人舉起一手，指向齊格弗里德蒼白的臉色，「看你現在畏畏縮縮的，真不像過去那個心高氣傲的你！」

「你說什麼？」齊格弗里德把視線移向說書人的目光，聽見自己心臟的鼓動聲——那種感覺，彷彿就是人類特有的心虛。

「就是你。」說書人嚴肅道：「對別人來說，你是個可怕的魔鬼，但我認為那不是你的本性。你想使我恐懼，質疑你的存在，我知道你很害怕……因為你連自己被我影響的事都毫無所覺，一味地避開我是沒用的。」

齊格弗里德聽見那道越發強烈的心跳聲，坦然地說：「好，我問你人類為何相愛？這個問題苦惱我已久，要是你能解出這個問題，我就跟你走。」

說書人的目光緊緊跟隨齊格弗里德，當他無助時，說書人希望可以幫助他，但是唯有讓魔鬼瞭解愛的這一點，說書人卻感到苦惱。

「很抱歉，我並非愛情專家，不能告訴你人類為何相愛。但是，人們仰望晨光，祈求各式各樣的幸福到來……或許在那群人裡面，也有渴求愛的人吧？」

「包括你？」齊格弗里德問。

「有誰不渴望愛呢？」說書人溫柔地說：「雖然你總是說我想法迂腐，但是腦中只有殺或被殺的你又算什麼？好了，少說這些喪氣話！」

「我不相信你，也無法像你一樣相信空虛的東西。」說著，齊格弗里德又問道：「抱著疑問與失敗的我，假使被你所殺，我就不會這麼討厭自己。而你不也是因為討厭我，才想殺了我嗎？」

說書人沉默了，這種態度引起齊格弗里德悽然的笑聲。

「哈哈哈哈……沒有人會喜歡可怕的魔鬼，連你也不例外。」

說書人搖搖頭，平靜地說：「你有這種想法，代表你還是擺脫不了過去的陰影，你沉溺在過去，心裡充滿自慰式的消極觀念已經讓我受夠了，能不能請你改善一下？」

齊格弗里德一瞬間的猶豫，並沒有逃過說書人的目光。

他知道，這個魔鬼心中充滿了不安與緊張，以齊格弗里德強烈的自尊心和敏銳的感受來說，他既不肯接受別人的憐憫，也不敢面對自己的弱點，只好逃避。

在說書人的一生當中，曾經見識過許多事物，但是再也沒有任何一件事，能比齊格弗里德惶恐的模樣更令他驚奇的。

「怎麼，對我提出的看法，有什麼話說嗎？」說書人問。

「你罵人罵得毫不留情，看來愚蠢的人應該是我。因為長久以來，我被你忠實的外表蒙蔽，以為你只會任人宰割！」齊格弗里德暴躁地喊。

說書人柔細的視線像能穿透木板的水滴，也像驅逐濃霧的日光……總而言之，他無形中攫住齊格弗里德，使其動彈不得。

「這一點，我可不敢跟你爭功。」說書人陰沉的目光閃動著一絲笑意，「好吧，跟你說老實話，我想試著在夜之國度跟你像朋友一樣相處。不要去想以前的是非，因為在這個地方，什麼都是陌生的，所以我可以暫時和你休戰……如何，你能接受我的決定嗎？」

齊格弗里德懷疑地看著他，「為什麼要委屈求全地對我好？」

「你誤會我的意思了，我覺得唯有這樣，我和你才能拋開自我，重新認識彼此。」說書人裝模作樣的咳嗽幾聲，「多一個敵人，不如多一個盟友。」

「不，不要這樣，絕對不行！」齊格弗里德固執地說：「如果你這麼做，我必然感覺欠了你什麼！這樣一來，我們的關係將永遠保持這種狀況……施洛德，我們非打斷這種往來不可，你現在就馬上回去，不要再見我了！」

齊格弗里德的反應，引起了說書人的猜疑。雖說他那副抗拒的樣子顯得可笑，然而說書人卻決心實現對齊格弗里德的承諾……這不僅是為了自己，也是為了不使伊索德失望而做下的選擇。

「我要留在這裡。」說書人說：「就算你這種性格無常的魔鬼不可能被誰馴服，我都要使你明白……如果我放棄你，這場遊戲等於全盤皆輸，我不要結束，想繼續玩下去。」

齊格弗里德震驚至極地看著說書人，「都什麼時候了，你腦子裡還想著玩遊戲？」

說書人笑了，「我們兩個人湊在一起的目的，不就是為了玩一場遊戲嗎？如果你答應

陪我玩下去，我就答應幫你做一件事。」

齊格弗里德聞言沒說話，但是臉上掠過一絲微紅。

「答應我吧，齊格弗里德，你就算只說一句話，我也會高興的。」說書人柔聲說話，卻充滿故意逗弄對方的語氣。

齊格弗里德抿著嘴，不肯做任何表示。

「齊格弗里德，你願意跟我做朋友嗎？」說書人微笑的加上一句話。

「這實在太讓人難為情了！」齊格弗里德終於受不了地咆哮起來，「你要我說好，我就該說好嗎？不，你休想，我才不跟你做見鬼的朋友，我要的是……」

說書人歪過身子，把臉近距離的朝向齊格弗里德，使兩人以面對面的方式看著彼此，「別再彆扭下去了，像這樣一直拒絕別人的態度，難怪你沒朋友。」

「你說什麼！魔鬼不需要朋友！」

說書人看著齊格弗里德，聳聳肩，眼裡充滿憐憫的從他眼前走開。

「施洛德，站住！你那不以為然的樣子像什麼話，回來給我解釋清楚！」

「唉。」說書人無奈地嘆氣。

齊格弗里德光火的走上前，緊跟說書人的腳步，與他一起離開樹下。

兩人吵架的畫面映進遠處精靈夫婦眼中，他們看著這一幕，各自有不同的解讀。

「老公，那個人類和齊格弗里德好像處不來的樣子。」蒂爾德憂心道：「讓他們獨處沒問題嗎？」

巴蘭德眼神深邃地盯著兩人的背影，性感的嗓音中夾雜了一絲幽默，「別擔心這麼多。他們看似感情差到極點，但是會在一次次的衝突磨擦之中，逐漸培養出互相依賴的情感……施洛德和齊格弗里德，就是這樣的關係。」

蒂爾德仍舊不太相信地看著丈夫，「你這麼說就這樣囉。不過他們留在這裡滿熱鬧的，夜之國度好久沒有這麼歡樂的氣氛了。」

「是的，同時我也期盼有新朋友的加入。」巴蘭德拉著妻子的手，對她柔聲說：「我可以感覺得到，一股來勢洶洶的力量正往這裡來，看來又是開宴會的時候了。」

蒂爾德眨眨眼，恍然大悟道：「你最近真的很愛開宴會，是因為齊格弗里德的關係嗎？」

巴蘭德微笑，「當然也為了妳帶來的客人囉。」

「我沒有帶什麼客人啊？」蒂爾德打量地看著丈夫，感覺一頭霧水。

巴蘭德眺望遠處森林的灰暗景色，不久後聽見一道腳步聲。他迎上前，扣響手指，讓掛在樹梢的夜明珠散發月牙白的光芒，照亮走向他們的人影。

來的人有兩個，身高一高一矮，皆穿著連帽斗篷。他們走完一段沉默的路，來到巴蘭德與蒂爾德面前，便把帽子往後脫，露出了面孔。

「夜安，精靈們。」舒瓦茲鬆開貝思的手，很有禮貌地上前鞠躬，臉上咧開一道笑容，「冒昧來訪，兩位應該不介意吧。」

蒂爾德沒說話，不過她見舒瓦茲的目光別有企圖地飄了過來，八成沒安好心眼——她在心中祈禱，這個亂來的魔王，最好別說觸怒巴蘭德的話。

巴蘭德發現舒瓦茲大步一邁，直接走向他的妻子，他立即伸手攔阻對方的行動，口吻客氣地說：「哎呀，我面前這位，不就是靠著魔王產業迅速致富，結果四處為非作歹，家裡養了不少從外面抓回去的小孩，卻又辯稱在做慈善事業，我的好朋友舒瓦茲嗎？」

舒瓦茲見巴蘭德笑臉迎人，一張嘴毒得能夠殺人的親切模樣。他老大不高興地板著臉，僵笑一下，「那麼在我面前這位，就是平日喜歡以近似裸體的丟臉打扮在森林走來走去，以及老牛吃嫩草，我又愛又恨的好朋友巴蘭德囉？」

「幸會。」巴蘭德挑挑眉，親暱地望著舒瓦茲一眼，「通常別人都會叫你暴發戶先生，但是我絕對不會這麼傷害你……好了，你有何貴幹？」

舒瓦茲看見巴蘭德英俊臉孔顯現的諷刺笑容，他覺得快悶死了，「喔，多謝你的善解人意，有你這個好朋友是我的榮幸。」舒瓦茲尖酸地說。

蒂爾德挽著丈夫的手，審視地看著舒瓦茲，進而注意到小男孩的存在。

舒瓦茲察覺到蒂爾德的目光，他喜悅地把貝思往前一推，向他們介紹道：「發現了

嗎？這個可愛的孩子，就是我今天要獻給蒂爾德的禮物！」

夫婦倆看著貝思，露出訝異的神情。

「老公，那個孩子的耳朵……」蒂爾德雙手摀住嘴，聲音顫抖。

巴蘭德暗中與妻子交換一個眼神，他蹲下身，讓自己與身材嬌小的小男孩盡量平視，目光像欣賞寶石般看著對方，「你不是人類。」

貝思神情平靜，「我跟你一樣都不是人類，夜之精靈。」

巴蘭德聽出貝思口氣中的肯定，便說：「我是巴蘭德，你叫什麼名字？」

「貝思。」

巴蘭德伸手摸摸貝思的黑翼耳，像摸一頭他沒接觸過的野獸，動作充滿了小心與防備，還有一點點的驚喜，「你這雙耳朵真特別，你是舒瓦茲的朋友嗎？」

貝思猶豫地看著他，彷彿不知該點頭或搖頭。

蒂爾德問：「舒瓦茲，你什麼時候改當保姆了？」

舒瓦茲趕緊解釋，「怎麼可能！我哪有閒工夫照顧小孩，別開玩笑了。」

「他是你的小孩嗎？」蒂爾德問。

巴蘭德站起身，沉默許久才緩緩說道：「蒂爾德，別胡說八道了，這個孩子不屬於夜之國度，是從鎮上來的。」

舒瓦茲皺了一會兒眉頭，困惑地說：「雖然我不知道你怎麼猜出他的身分，但他的確不是我的小孩，是我帶來，送給蒂爾德的人類僕役！雖然不是人類，但是看在他可愛的分上，應該符合妳的要求吧？」

蒂爾德沿著巴蘭德訝異的視線看過去，見到舒瓦茲略帶微笑的臉，她呆望著他，臉色發白，眼睛睜得很大，好像快要昏倒了。

巴蘭德察覺妻子的神情有異，他急忙去扶她，但是一剎之間，卻被蒂爾德甩開。他看她走向舒瓦茲，一副兇巴巴的模樣，活像大魔神降臨似的。

「舒瓦茲，你不會當真了吧？」

舒瓦茲朝她做了個鬼臉，「該不會妳現在要告訴我，這一切都是耍我的吧？」

「天哪，我只是……只是那樣說，才能讓你打退堂鼓啊！」蒂爾德近似崩潰的大喊，

「我老公人在這裡，警告你不要亂來，他會揍人！」

舒瓦茲一臉無所謂地說：「唔，妳生氣的樣子挺好看的，我想讓妳更生氣一點，乾脆把妳我打賭之事說出來好了。」

「休想，舒瓦茲！」蒂爾德想了想，礙於自己確實對舒瓦茲做過約定，於是轉過身，臉色嚴肅地對丈夫說：「巴蘭德，我要跟舒瓦茲暫時離開這裡一下，招呼客人的事就交給你了！」

「什麼？妳要跟他單獨去什麼地方？」巴蘭德帶著懷疑的語氣問。

蒂爾德不等丈夫搭理，頭也不回地說：「去撿貝殼！」說完，她輕盈的身段便與舒瓦茲黑色的影子，飛快消逝在沾染著夜色的森林。

巴蘭德望著靜謐的星空，眼睛眨了幾下，突然覺得妻子找的藉口有些好笑。

「你怎麼了？」貝思問道：「你不擔心舒瓦茲帶走她，永遠不回來嗎？」

「不，我反而比較擔心舒瓦茲會被蒂爾德欺負，他是拿她一點辦法也沒有的。」巴蘭德自信地笑道。

貝思觀察巴蘭德，感受他身上那種紳士的優雅風度，覺得精靈似曾相識，好像在哪裡見過一面。

「你知道舒瓦茲是抓小孩的魔王嗎？」巴蘭德問。

貝思答道：「他雖然是魔王，但也是好人，因為他醫治我的眼睛，使我重獲光明。」

「真是諷刺，一個看起來很兇惡，卻不適合當魔王的男人……舒瓦茲心裡打什麼主意，都可從臉上一窺得知，單純的傢伙。」巴蘭德雙手環胸，一臉苦笑，「他老是忘記自己來這裡的目的是什麼，令人傷腦筋哪。」

「那麼，要像你一樣外表親切，內在充滿心機嗎？」貝思語調冷靜地說：「我不認同你說的話，舒瓦茲很清楚自己該做什麼事，請你不要打擾他們。因為他是尋求他的幸福而來此地。」

「你跟我看過的孩子不同，既沉默又冷靜。」巴蘭德不急著追究舒瓦茲來找蒂爾德的目的，而是很有耐心的和貝思談話，「你告訴我，幸福是什麼？」

「我看過的童話故事，相當清楚地描繪著——當相愛的兩人永遠在一起，那就是幸

福。」貝思答。

巴蘭德走近貝思身邊，看他挺起的小臉被銀色的月光圍繞，散發出柔和的氣息。夜之精靈笑了笑，綠眸在幽暗的光線中透露出一絲冰冷。

「很好笑嗎？或者你在暗諷著期盼幸福，卻遲遲未得的其他人？」

巴蘭德的眼神上下游移地打量貝思，他的目光黯沉，可說話的語氣一點也不死氣沉沉，這些發現令巴蘭德對這孩子提起了興趣。

「我只是在想，如果幸福真的垂手可得，俗世凡人就不會發瘋似的渴求它……我對你很好奇，想多瞭解你的事。」

貝思無意觸及巴蘭德的目光，只是對他笑了笑，便沒有其他回答了。

蒂爾德強拉舒瓦茲來到鄰近森林的一座湖泊，打算跟他表明態度。無奈的是，舒瓦茲卻肆無忌憚，一個勁的向她示好，完全不顧她有話要說。

值得慶幸的是，當她發狠似的瞪著他，便要回了發言權。

「舒瓦茲，首先，我想說……」蒂爾德對白色魔王喃喃地說：「我很高興你辦事的效率這麼好，也很守信用，可是……」

舒瓦茲興奮地看著她，「妳真的這麼想嗎？那麼，妳是否決定回頭向巴蘭德提出離婚的要求？」

蒂爾德嘆道：「我就知道你想說這個，得了吧，我只是跟你開玩笑的。」

舒瓦茲好像沒聽見蒂爾德說的話，他一轉頭望著湖水，興致勃勃地說：「妳聽過這樣的傳說嗎？只要能在星光之湖找到充滿月光的貝殼，將它獻給心愛之人，兩人就可以建立永恆的愛……蒂爾德，妳約我來這裡，就是為了這個目的，對不對？」

蒂爾德愣了一下，笑道：「舒瓦茲，說到這個，難道你不覺得你對我的感情，就像一個只知撿貝殼的小孩嗎？你永遠在撿拾自己心目中那顆最美的貝殼，可現實卻使你找不著想要的那顆貝殼，因為它不曾存在。」

舒瓦茲臉上露出驚訝的表情，「不，我是真心愛妳的。」

蒂爾德試圖說服他，「你是內心寂寞，又倔強得不肯認輸，其實你喜歡我嗎？這可不見得！」

「蒂爾德，不是這樣的啦……」舒瓦茲一急，便激動地靠近蒂爾德，想讓她瞭解自己內心的感情。

「噢，舒瓦茲，我還不夠瞭解你嗎？」蒂爾德清麗的面孔，浮上一層為難的苦笑，她拾起藏在白砂中一顆小小的白色貝殼，將它扔向星光之湖。

「咚」的一聲，貝殼沉入遠處的湖面，使其泛起一圈圈漣漪，最後由夜風拂平湖水，一切趨於平靜。

舒瓦茲順著蒂爾德的視線，看向幽靜的星光之湖，他聽著風的聲音，許久不曾開口。

「告訴我，你看到了什麼？」蒂爾德問。

舒瓦茲搖頭，「什麼也沒看到。」

「耐心一點，再看一看。」

「我看了，看了幾百遍，不就是一座湖嗎？」舒瓦茲耐性不好地嚷著。

蒂爾德動手去拉舒瓦茲的手，將他的手指向映在深紫色湖面的紅色月輪。

「你看，舒瓦茲，月亮是不是一直都在那兒呢？」

「那又怎麼樣？」

「我想告訴你……你要找的不是貝殼，而是始終停駐在夜空的那輪月亮。不管你尋找什麼，它都會陪伴著你，將柔和的光芒灑在你的周圍，指引你在黑暗中尋找屬於自己的方向。」

蒂爾德的這番話，讓舒瓦茲隱約明白她的意思。

「妳是說，我不能再尋找貝殼嗎？」

「貝殼的傳說或許是假的，可是能給你心內寧靜的那個人……肯定不是我。」蒂爾德口氣柔和地說：「你自己想想看吧，如果你擁有我，那是幸福嗎？」

舒瓦茲低下頭，沉默不語。

「舒瓦茲，我們永遠都可以做好朋友，不一定非要談愛不可啊。」蒂爾德歉然地看著

他，聲音充滿了溫柔，「你是個英俊瀟灑的男人，雖然有很多運氣不佳的遭遇，從小向我求愛卻老是遭到拒絕、吃閉門羹……」

舒瓦茲聞言便掩著臉，「妳不愛我就算了，非要再一次傷害我嗎？」

蒂爾德見舒瓦茲頹喪的樣子，像一隻飽受折磨之苦的動物，她揉揉他的頭髮，撫慰他的心情，「別這樣，雖然幸福不是每個人都能順利地找到，也許要等很久很久，才能確認它的存在，將它好好握在手裡。」

舒瓦茲自言自語道：「妳是想告訴我，巴蘭德是妳的幸福吧？」

她愣了一下，接著說道：「嗯……你要這麼解釋也可以。就算我沒有跟他結婚，我也沒辦法嫁給你。」

「為什麼？」舒瓦茲還是不太能瞭解。

「因為我們就算勉強相愛，也抓不住幸福的。」蒂爾德嘆口氣，鼓勵道：「把我忘了，趕快再去跟另一個人培養出愛情吧！」

舒瓦茲死命地搖頭，「我怎麼可能找得到像妳這麼好的女人啊。」

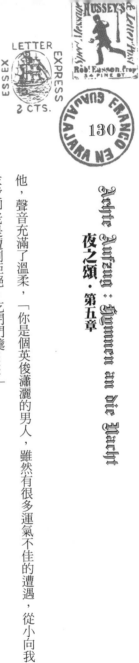

「謝謝，舒瓦茲，你也是很好的男人。」

「既然如此，妳為什麼要跟巴蘭德結婚？」舒瓦茲痛哭地說。

蒂爾德聞言，感覺頭痛極了，不知怎麼回答這句話。事實上，她就是不想談這種沒結論的話題，可舒瓦茲老把重心繞在這裡打轉，讓她很想把他打昏算了。

「好，你要知道是吧？那我就告訴你了！」蒂爾德心一橫，把話挑明地說：「因為我愛他，他也愛我，所以我們才會結婚，你懂了嗎？」

接下來是一段暫時的沉默，以及蒂爾德喘氣的聲音。

其實，蒂爾德心裡有些罪惡感，她這個人向來刀子嘴豆腐心，明明知道舒瓦茲對自己的心意，偏偏這麼傷害他，怎能教她不難過。

但是，當她抬頭看了他一眼，沒瞧見舒瓦茲受傷的臉，反而發現他那雙紅眼睛像著火似的發亮。

舒瓦茲憋不住漸盛的怒氣，他站起身，大聲喊道：「不懂，不懂，我就是不懂！所以我決定了，與其跟妳像這樣迴圈似的說個沒完，我倒寧願把妳從他身邊搶走，只要妳在我

身邊，不當魔王也無所謂……蒂爾德，妳相信我一次吧！」

「舒、舒瓦茲，你試試看？」蒂爾德生氣地說。

舒瓦茲張開雙臂，將蒂爾德纖弱的身子摟在懷裡，他深深嗅著她的髮香，臉上咧開一道帶著寒意的微笑，「蒂爾德，跟我走吧，從此我們將過著幸福快樂的生活。」

「舒瓦茲，你這個傢伙瘋了嗎？放開我！」

舒瓦茲憐愛地看著她震怒的神情，「不，我再也不會放開妳了，比起毫無用處的求愛，還是要有壓倒性的魄力才對……老媽說的話果然是金玉良言。」

「既然你這麼愛你媽，那就快點給我滾回你家！」

「蒂爾德，別再使性子了，等我們一起回城堡，妳就會改變主意跟我在一起。」舒瓦茲在蒂爾德耳邊唸著咒語，等她昏厥過去，便抱起她的身子，離開湖邊。

銀色的月光下，除了閃耀著舒瓦茲眼中勝利的光輝，也映照出旅人的身影。

不巧的，這犯罪性的一幕，被來到湖邊散步的說書人與齊格弗里德無意中撞見。兩人二話不說，立即回精靈部落把此事告訴巴蘭德。

06 SECHS
NO.454841 -oper-END-

夜之頌 第六章

Achte Aufzug : Hymnen an die Nacht

「你們再說一次，什麼叫舒瓦茲以強硬的手段綁架蒂爾德？」巴蘭德故作呆愣的搔搔尖耳朵，他以一雙綠眸看向站在面前的兩個男人，笑問道：「夜之國度沒有犯罪存在，你們可能不習慣這裡的風俗吧。」

說書人與齊格弗里德聽見精靈嘲弄的語氣，覺得他們難得做好事，卻被當成傻子愚弄。兩人無奈地交換了一個眼神，然後把剛才的話再重複說一次。

齊格弗里德走上前，把老友正玩弄貝思翼耳的手撥開，再將他的身子轉向自己，暴怒地吼道：「聽著，我不知道誰是舒瓦茲，但是我看見一個滿頭白髮，頭上長了一對牛角的傢伙架走你老婆……」

「是犄角。」說書人站在兩人後面，聲音低沉的補充道。

「隨便啦！反正事情就是這樣，你怎麼一點也不緊張？」齊格弗里德惱怒地看著巴蘭德。

精靈看了看兩人，「我不明白什麼叫綁架啊。」

「綁架，意指以暴力劫持人質，使人陷於不安或恐慌。」說書人慢條斯理道。

「欸，等等，他不是在問你這句話的辭義吧。」齊格弗里德吐嘈地說。

巴蘭德揚起目光，審視兩人吵嘴的模樣，接著露出一個微笑，「兩位別吵了，不如這樣吧，我派布勞去調查一下情況好了。」

「布勞？」說書人困惑地問。

「那是一隻烏鴉。」齊格弗里德挨在說書人身旁，歪著脖子朝他耳語，「巴蘭德那傢伙飼養的藍眼烏鴉，可以跟他藉著心靈感應的方式溝通。」

說書人高翹下巴，看著巴蘭德以口哨喚來棲息在樹上的烏鴉，對牠指使了幾句命令後，目送烏鴉離去。他提起腳步，走到巴蘭德面前問道：「我很好奇，一個丈夫聽聞他的妻子消失不見，採取的手段不是親自向綁匪宣戰，卻居然找一隻鳥調查情況……你的做法真令人匪夷所思。」

巴蘭德見狀，微笑說：「施洛德，你干涉地主的事不太好吧？能不能請你暫且安靜一下？我自有打算，不需你多費心。」

「你說什麼？」說書人察覺巴蘭德禮貌眼神中透露的冷淡，感覺這人說的每句話都帶刺。

事實上，他不只一次發現，巴蘭德其實是看在齊格弗里德的分上，才會讓他留在這裡，否則老早把他趕走……說書人沉思的腦海縈繞著精靈的聲音，表情跟著嚴肅起來。

齊格弗里德揉揉眼睛，彷彿看見說書人與巴蘭德之間迸發的閃電，他急忙擋在他們中間，岔開話題道：「說到這個，施洛德你曉得嗎？精靈沒有人類的善惡，他們只在乎如何打發無聊的時間……不過，這並非指精靈喜歡跟人唱反調，而是不像人類容易被道德感驅使，純粹觀念不同罷了。」

「是嗎？」說書人抬高了臉，視線死扣在巴蘭德傲慢的臉孔，「這麼心直口快的性格，也頗讓人煩惱的嘛。」

巴蘭德用下巴瞧著說書人，以鼻音嘲諷地「哼」了一聲，然後轉開話題，「多謝你們前來告知消息，想不到那個看起來一臉兇惡、內在沒心機的舒瓦茲，居然會幹下這種離譜的事。」

「好了，現在該怎麼辦？」齊格弗里德問：「你要去救人的話，就快點拿定主意吧。」

巴蘭德回頭看向齊格弗里德，「我是不是聽錯了？現在這個擔心蒂爾德的魔鬼，是我認識的齊格弗里德嗎？」

齊格弗里德盡力裝出一副正經的樣子，只是他的臉頰有點紅潤，「囉、囉唆！好心報消息給你，少取笑人，快去救你老婆！」

「等等……我接收到布勞的訊息。」巴蘭德閉上雙眼，嘴裡喃喃自語：「我曉得他們跑去哪裡了，就在森林樹海裡，舒瓦茲看來迷路了，在裡面繞來繞去找不到出路，好，沒問題了。」

說書人心情煩躁地盯著巴蘭德，注意他接下來的動作。

「那你這下可以出發了吧？」齊格弗里德再度問道。

巴蘭德睜開眼睛，夜空中的星星映進他的眸子，此刻正在歡愉的跳躍。然而他的聲音帶著深沉，毫無感情的語調，「我想請你們跟我一起去找人。」

「你的如意算盤打得不錯，請先把你的目的說清楚。」說書人臉上掛著禮貌的微笑，他以強烈的敵視意識，一道睿智固執的眼光，尋求巴蘭德的答覆。

巴蘭德聞言，仍舊保持他一貫的冷靜。他讓夜風吹開鬢髮，抿直的唇線向上揚起，「何必這麼防備呢，施洛德，你乾脆承認你不敢走晚上的森林。即使它在月光的纏繞下光輝動人，你仍然懼於黑暗中不見十指的慘況，是嗎？」

「笑話，我不敢走？」說書人被精靈激得暴怒，「聽好，我不會被你說動，因為拯救妻子是你的責任。」

「喔，你根本就在害怕，聽聽那些卑微又可憐的藉口。」

齊格弗里德發現說書人嚥下原本要脫口而出的怒罵，他看出巴蘭德正熟練地玩弄說書人的情緒。他望著十分明亮的夜空，事實上一點也不陰暗，而且巴蘭德心細膽大，根本不需要有人幫忙，他不明白巴蘭德為何要他們也一同跟上。

說書人被精靈一番說笑的回話激得臉色蒼白，雖然巴蘭德把他說得這麼不堪，但是這不會讓他退縮。

截至目前為止，這件事情的發展正如巴蘭德預料的一樣。他巧妙利用說書人的自尊心，逼迫對方陷進他編造的陷阱，反正他就是看這個傲慢的人類不順眼，若不好好激這人一下，枉費他腹黑精靈之美稱。

「好吧，我雖然很討厭你，但是看在你照顧齊格弗里德的分上，我決定去看看情況。」說書人目光陰沉的掃過巴蘭德的笑容。

「感謝你的相助，你跟齊格弗里德先出發吧，我和這孩子隨後就去。」巴蘭德說著言不由衷的感激之詞，同樣把驕傲的目光瞪向說書人。

齊格弗里德納悶地說：「巴蘭德，你真的不擔心蒂爾德從此回不來嗎？」

巴蘭德微笑的搖頭，「我其實擔心的人不是蒂爾德，而是那位可憐魔王的安危。如果舒瓦茲抓了普通公主回去，也許我會擔心，但對象是蒂爾德的話，舒瓦茲可拿她沒有辦法，甚至動不了她半根寒毛，反過來還會被打得滿頭包……我這麼解釋，你們明白了嗎？」

齊格弗里德與說書人互看一眼，臉上還是寫著滿滿的困惑。

巴蘭德懶得解釋了，便說：「好了，時間一到，你們就會懂了。現在快出發吧，別傻站在這裡，浪費我特地為你們製造的獨處時間，這樣可不行喔，齊格弗里德。」

齊格弗里德對上巴蘭德炙烈的目光，他急忙紅著臉大喊：「你在說什麼啊，我為何要跟這討人厭的傢伙獨處？」

「受不了你，明明很喜歡卻強辯到極點……快走吧，知道森林樹海怎麼去嗎？」巴蘭德無視齊格弗里德的怕羞個性，口氣淡然的問。

「當然知道！」

「很好，那就待會見囉。」巴蘭德用哄小孩子的口氣結束這段談話。

說書人瞪著巴蘭德，似是還有許多未說出口的話，但是他卻不發一語的走開，使得齊格弗里德也急忙跟了過去。

巴蘭德凝視著眼中逐漸化為兩團黑影的兩人，他轉過身對貝思笑了笑，「他們是我見過最奇妙的好朋友，雖然一個是魔鬼，一個是人類，但卻建立相當堅定的友情……很不可思議吧？」

貝思沒說話，只是微笑。

「那麼時間不早了，我們也走吧。」巴蘭德朝貝思瞥了一眼，拉起他小小的手，兩人一起朝樹海前進。

在黑暗的樹海裡，流過一陣顫慄的風，以及深沉而蒼茫的氣氛。成群結隊的野獸躡步走在森林，無懼於悚動懾人的月夜，以響徹天際的嚎聲呼喚著同伴。

圍繞在說書人與齊格弗里德之間的，是一種侵蝕神經的沉默。他們望著遠處出現一頭野獸的黑影，發出嗅路氣味的聲音，轉眼間便與蒼鬱的森林融合成一體。

對兩人來說，在森林尋找不顯著的目標，似乎得花一段相當長的時間。他們窺視森林深處那無盡頭的黑暗，向四周看了看，卻是相同的寂靜。

說書人想起自己被巴蘭德支使到這種連鬼都不來的地方，他假咳幾聲，希望引起齊格弗里德的注意。然而他的同伴卻走得很慢，好像故意避開他似的放慢腳步，最後就停了下來。

「過來。」他回頭看了齊格弗里德一眼。

「你想做什麼？」齊格弗里德聽見說書人冷冷的叫喚聲，變得很有戒心。

「快點過來。」說書人命令道。

「你……你該不會想在這裡把我給殺了吧?你知道的，只有在這裡，你才可以不被人看見而殺了我。」

說書人眼底掠過惱怒的火光，隨即抓住齊格弗里德，將他拉到自己面前，「哼，我跟

你是私人恩怨，但是我不像你手段這麼陰狠……放心，我對你的性命沒興趣，只想問你巴蘭德的事。」

「你看上他了？」齊格弗里德驚訝而帶點醋意地說。

說書人斜眼瞄著他，極力忍耐想大吼的衝動，「你這個大白痴，不是啦！我又不像你，四處專找男人留情！」

「我哪有這麼隨便啊？我、我也有自己的品味……」齊格弗里德怪叫。

「好，你有品味，才會找上我，行嗎？」說書人聳聳肩，笑了笑便岔開話題的說：「奇怪，我跟你發生了那麼多事，現在居然可以心無芥蒂地在這裡吵架。」

齊格弗里德目光炙烈地看著說書人，雖然是晚上，但是他的眼睛卻紅得發亮，像冬夜裡的乾柴，染上即使被凜風吹襲也不滅的烈火。

「那又怎麼樣？」他問，話中帶著詢問語氣。

說書人沉默片刻，「不怎麼樣。」

兩人又開始一步步向前走，彼此很識趣的閉上嘴，誰也不說話。

「齊格弗里德，你在焦慮什麼？」說書人冷不防地問。

齊格弗里德被觸怒地瞪著說書人，「焦慮？你說我嗎？笑話，我可是人人懼怕的魔鬼，隨心所欲的利用人類，怎麼會有人類的感情呢？」

說書人看齊格弗里德加快腳步，把他遠遠拋在後頭，接著轉身停住，一臉高傲的微笑表情。他臉上沒有任何情緒，只是把雙手插放在褲子口袋，站在原地不動。

「逞強可不是好事，人要知道自己的弱點，才會變得更強……我想也適用在你身上吧，齊格弗里德，別讓人擔心。」

「我才不相信你，人類都是狡滑的！」

說書人大聲地打斷他，「聽著，我沒有惡意，也想幫助你尋獲你的幸福，還記得我說過的話嗎？」

齊格弗里德聞言，急得再度開步，「忘記了！」

「你明明記得一清二楚。」說書人追了上去。

「沒辦法，我腦子不好，通通不記得了！」

「那麼，我就再告訴你一次。只要你遠離我身邊，我就會找到你，告訴你這世上充滿了各式各樣的幸福……包括你因為寂寞而強烈渴望的愛。」

當說書人的手與聲音，同時觸向齊格弗里德的時候，他纖細的內心被「愛」這個字眼刺了進去。齊格弗里德抬起頭，近距離的看著說書人灰藍色的眸子，觸及那對眸子藏著的熱情，使他想起過去的一些回憶。

他不願面對的回憶。

妳明明知道接受我的吻會死，卻願意坦然面對，為什麼？

因為我相信愛可以改變一切，包括身為魔鬼的你。雖然是這麼天真可笑的想法，我卻知道你只是寂寞，又沒有同伴，所以我願意陪你……

夠了，妳這個婊子，難道妳還不明白嗎？我能夠無情地嘲笑妳，只因為我從來沒愛過妳。事實上，我根本就很討厭妳，還希望妳死之後，靈魂飽受煎熬，這就是我接近妳的目標！

你終於把你的目的說出來了……魔鬼，你得不到那名少女的靈魂，因為我將詛咒

你一輩子得不到愛，在神之使者的名號下毀滅吧。

一道宛如天雷般的轟聲巨響，奪走了所有回憶中的聲音，最後回歸於死寂，使得齊格弗里德驚醒般回神，他抹掉額頭的一行汗水，感覺冰涼刺骨。

「齊格弗里德！」說書人察覺他的神色有異，便拉動他的手臂，「你愣愣地站在這裡，是不是想起什麼了？」

齊格弗里德的臉色頹軟，他轉開視線，顯然在逃避說書人的詢問。

「巴蘭德把你的過去都告訴我了。他雖然沒有把故事說完整，但我知道那才是真正的你，對嗎？」

齊格弗里德急忙邁開腳步向前走去，說書人緊跟在後。

「別說了，我不想聽。」

「難得我這麼想瞭解你，你應該說的。」

「說了又怎麼樣？我討厭人類，我恨死他們了，包括你……所以你不要以為可以感化我，我不會相信你任何一句甜言蜜語！」

說書人搖搖頭，然後一個箭步上前，張開雙手，整個人呈大字型的阻擋在齊格弗里德面前。

「其實你很想相信人類的。」說書人臉上罩上一層感傷與哀愁。

齊格弗里德默然不語。

「你忘不了背叛你的少女，那打擊太大了。」

「別說了。」齊格弗里德別過臉。

說書人伸手向前，扣住了齊格弗里德的下巴，將他的臉轉向自己——那是一張本來想要笑，卻壓抑著孤單與痛苦，還有一點點寂寞的英挺臉龐……在那片刻，說書人才觸及齊格弗里德真實的一面。

也許齊格弗里德對自己生於黑暗的血統感到羞恥，也許他想明白愛，以為得到人類的靈魂，就能明白什麼是感情。但是一個少女的出現，卻讓他從天頂跌落到地底，而且永遠爬不到他想去的天國，因為血汙已經使他感染了罪惡。

說書人微張著唇，一瞬間有種衝動，想把這些話說給齊格弗里德聽，但是當話要脫口而出時，他強迫自己忍了下來。

「天啊，你知道你很會記恨嗎？告訴我這事情發生多久了？」說書人盡量讓自己關懷的言語，聽起來很像譏諷的尖酸嘲笑——他知道，齊格弗里德最討厭被他憐憫的感覺。

齊格弗里德用力轉開下巴，不屑地甩了說書人一道白眼。

說書人抓住他的手腕，目光死死地盯著他，不讓他轉移視線，「答應我，從今不再濫殺無辜。」

「我為何要答應你？」齊格弗里德一臉好笑的說：「我是魔鬼，天性向來如此，愚痴如你，居然想要改變我？」

「對，我就是想改變你。要是你聽話，就能得到一點好處……特別是只有我才給得起的那樣東西，你會想要的。」說書人回答的語氣充滿暗示。

在這時候，一道激昂的男人哀號聲，打破這尷尬的沉默，並且吸引兩人的注意力。

「天啊，不要再打了，會出人命的啦！」

回應男人的女性聲音顯得怒不可遏，「那正好，讓我試看看能不能打死你！」

「蒂爾德，妳怎麼可以如此粗魯地毆打我的頭，會變笨的啊！」

「反正你已經夠笨的了，就是這麼笨才會用下流的招數綁架我，舒瓦茲，你說你笨不笨啊？」

「好、好痛啊啊啊啊！別扯我的角，會斷的啦！」

說書人輕拍齊格弗里德的肩頭，提醒地說：「是蒂爾德和舒瓦茲！走，我們快繞到隔壁那條岔路看看情況。」

齊格弗里德愣了一下，有些猶豫地看著說書人。

說書人見狀，朝他伸出手，急切道：「我們簽了契約，直到我死，你都要滿足我的要求，才能提走我的靈魂……是不是？如果你不跟我走，我就不要理你了。」

齊格弗里德皺著眉頭，露出因為被踩住痛腳而恨意滿點的表情。

說書人將目光專注在他說的那個地方，他不等齊格弗里德回應，立即從對方眼前離開，毫不留情的把他的同伴拋在原地。

齊格弗里德看見說書人離他而去，突然間，他的眼睛一亮，深吸一口氣，並且壓抑混亂不堪的思緒，朝說書人怒吼道：「慢著，我不准你甩了我，施洛德，你永遠都甩不掉我的！」他邊吼邊向前奔去，直到追上說書人。

說書人沒有轉身搭理他，但是蒼白的嘴唇卻微微彎起，勾勒出一絲笑意。

齊格弗里德與說書人好不容易找到蒂爾德跟舒瓦茲，卻沒想到眼前的景象教他們老半天都說不出話——外表一臉兇惡的舒瓦茲居然被一個女人毆打，根本不是她的對手，一如巴蘭德所說的情況。

慘遭毆打的舒瓦茲看到有人來了，連忙飛奔到他們身後，一臉害怕地喊救命。

「舒瓦茲，你還敢跑？是男人的話就站著別動！」蒂爾德蠻橫無理地揮舞拳頭，嘴裡氣憤地罵道。

「不，我死也不要！」舒瓦茲見蒂爾德一臉兇悍，他更緊張得抓住說書人的肩膀尋求保護，「求求你們幫我說話，否則我都要被她打死了！」

「太太，妳還沒打夠啊？」說書人苦笑地替舒瓦茲擋下蒂爾德的一記手刀，說：「尊夫要我們來找妳，請就此住手吧。」

蒂爾德聽見說書人的聲音，她合握雙手，臉上陶醉地說道：「巴蘭德來找我了嗎？他知道我飽受魔王的羞辱，這果然就是愛情的力量……」

說書人神情漠然地看著蒂爾德那副沉醉在愛情的模樣，冷冷的低聲說：「照我看來，理想與現實都是相反的。」

「你說什麼？」蒂爾德問。

「不，在下什麼也沒說。」說書人揉揉太陽穴，覺得頭痛死了。這對粉紅閃光夫妻，究竟要折磨別人到什麼地步才肯罷休？

「總之，妳別再打他了，讓我們知道現在究竟是怎麼回事吧？」

蒂爾德沉著臉色，指控地說：「這個自稱魔王的笨蛋弄昏我，想要把我綁走。」

舒瓦茲連忙告饒，「天啊，我怎麼知道妳會馬上醒來，還這麼暴力，我現在放妳回去好不好？」

「不好！你害我跟我老公分離這麼久，這筆帳要怎麼算？」蒂爾德摩拳擦掌，一副還要再戰的陰狠表情。

「哇，救命啊！」舒瓦茲嚇得臉色發白。

說書人無力道：「妳和巴蘭德也才分離一個小時吧。」

齊格弗里德掃視眼前滑稽的鬧劇，不禁嘆氣，「我不清楚詳細的情況，不過……你幹嘛非要這個女人啊？她除了打你踢你，對你有半點愛意嗎？」

說書人倒抽一口氣，搖搖頭，「精靈的愛情向來使人匪夷所思。」

蒂爾德眼中閃耀著危險的光芒，她穿過說書人與齊格弗里德，走到舒瓦茲面前，她朝他勾勾手指，柔聲說：「我很氣你在我說了那麼多道理之後，居然還是想不明白，所以我就給你一點教訓……舒瓦茲，你懂了嗎？你喜歡的不是我，而是空虛的征服感，你想擁有的，只是一個名為佔有的慾望。」

舒瓦茲臉上掠過猶豫與混亂的不安，但是他在蒂爾德的凝視下，承認的點點頭，表情也在這時轉化為歉疚。

「事情如妳所說的話，我想我還需要一點時間才能想明白……對不起。」

「傻瓜，犯不著說不起啦，我願意跟你做一輩子的朋友。但是談到愛情，是絕對不適

合的。」蒂爾德微笑道：「走吧，我們一起回精靈部落，你的小貝思還在等你回去接他呢。」

舒瓦茲搔著臉頰，不知道該說什麼，於是僵笑的看著她。

說書人與齊格弗里德看著彼此，心想這個沾染仲夏氣息的夜晚，果然是齣胡鬧的惡作劇哪。

Sieben

NO.246846

夜之頌 第七章

Achte Aufzug : Hymnen an die Nacht

深邃的夜裡，萬物俱寂，唯獨烏鴉的叫聲伴著巴蘭德與貝思的腳步永不休止。他們走進森林樹海也有好一陣子了，然而這幽靜的氣氛彷彿被他們破壞似的變得吵鬧，就連道路兩旁的樹枝跟著嘎吱作響，似是預言黑暗的降臨。

巴蘭德牽著貝思的手，步伐緩慢地向前走著，他渾身散發優雅的氣息，整個人看起來從容不迫，即使黑暗侵襲他的臉頰，那雙綠眸卻能在幽暗樹林裡隱隱生光。

一陣鳥類的振翅聲，搖動了低垂的樹梢。有如夜色的黑影帶著微藍的亮目，出現在夜空中，即使光芒微弱，卻能使巴蘭德輕易搜尋到鳥兒的身影。

巴蘭德饒富興味地打量著騷動的濃密樹林，他走向一處沒有星光的陰地，接著停步，伸出手背，迎接一隻藍眼烏鴉的停駐。

烏鴉降落在主人的肩膀，貌似說悄悄話般在他耳邊低啞叫著。一道微笑隨即在巴蘭德的臉上出現，柔化了他的眼神。

當貝思和巴蘭德的視線相觸，他禮貌地問：「布勞告訴了你什麼，可以說給我聽嗎？」

「不用擔心，他們已經找到了舒瓦茲和蒂爾德，等會就能見到面。」

貝思點頭，臉上泛著困惑的微笑，「雖然是我的多心，但是你好像不怎麼在乎朋友和妻子的事。」

巴蘭德還以一個愉悅的眼光，「被你看透了嗎?也好，我特意支開那些人，單獨和你相處……只因為我對你有興趣，想多聊一點你的事。」

貝思想了想，認真問道：「我倒認為你對我毫無興趣。因為夜之精靈向來眼高於頂，怎麼會對遜於自己的種族有好感?」

「你不一樣。」巴蘭德握緊貝思的手，朝他投以微笑的眼光，「我在想，假如把你的耳朵接到背後，看起來就像一對天使的翅膀。」

貝思沉默片刻，思索精靈話語背後的意義，「嘲笑別人的外貌很有趣嗎？」

巴蘭德說：「抱歉，這不是嘲笑，而是試探。」

貝思聽見這話，立刻抽回自己的手，「你想知道我的事，我就告訴你好了。」

巴蘭德沉默地傾聽。

「我住在一個叫做梅林的小鎮，父親是受貴族長年壓榨的低階礦工，母親則在生我的時候難產死去。即使我異於常人的外貌惹來後母的敵視，我仍然在父親的庇佑下過了一段快樂的童年時光。」

「異於常人的外貌？」巴蘭德問。

「是，我有一對翼耳，被當成不祥的象徵。不管過了多少年，我始終保持這個模樣，永遠長不大，只能看著家人的外表漸漸老去。」

「這就像精靈與人類之間的差別，也是你們難以逃避的悲劇。」

貝思繼續說下去：「後母發現這個事實，她相信我是不祥的孩子，父親在兩難下決定帶我到另一個城鎮居住。我向再也回不去的故鄉道別，與父親進入森林後，遇到了舒瓦茲。」

巴蘭德打斷他的話，「那麼，你喜歡他嗎？」

貝思淡淡的回了一聲「是」。

「他是專做壞事的魔王，而你竟然一點都不怕他？」

貝思揚起一對泛著微怒的目光，辯駁道：「為什麼我要怕他呢？事實上，他拯救我的生命，對他而言只是一個無心之過，我卻願意以各種形式回報這份感激之情，希望他得到幸福。」

巴蘭德停步，回身以銳利的眼神看著他，「即使那是錯誤的？」

「我不認為尋找幸福是錯誤的，只要抱有純粹的心，天使會把幸福送給我們。」

「這個說法很有意思，看在你肯定的分上，我不妨說說我的看法。其實你錯了，我不是想否定尋找幸福的行為，只是要確定一件事。」巴蘭德帶著禮貌的口氣往下說：「對了，你相不相信，聖潔的天使也會犯罪？」

貝思沒有回應巴蘭德的微笑，神情凝重。

「到目前為止，你的故事說得很精彩，只是我不想聽捏造的謊言。」

「我不懂你在說什麼。」

「不懂也沒關係，但是有件事，我一定要弄清楚。你是否向舒瓦茲隱瞞了什麼？」巴蘭德語氣神秘，「或者，你隱藏了真面目。」

貝思抬頭，立即退離巴蘭德數步的距離。

「我好像知道你是誰了，夜之精靈向來都是博學多聞的。」巴蘭德以冷靜的聲調緩緩說道：「看你的樣子，也該想起當時的記憶了吧？」

「那麼，你是……」

「你有想保護的人，我也有。當你要殺他的時候，我會不惜一切力量挺身而出。」

「那麼，我會期待那一刻的到來。」貝思說，但是巴蘭德卻沒有回答他。

就在兩人走完一段沉默萬分的路程，他們見到了說書人一行人。

巴蘭德發現舒瓦茲站在眾人身後，取笑地說：「舒瓦茲，你有沒有跟蒂爾德好好獨處，培養一下感情，看她會不會改變心意跟你走？」

舒瓦茲搔搔臉頰，尷尬笑道：「說也奇怪，自從她開解我之後，我突然覺得自己做的事很蠢，真對不起！我把蒂爾德還給你，請你把貝思還給我，我要帶他回城堡，今天這檔子事就這樣結束吧。」

巴蘭德聞言，非但不把貝思讓給舒瓦茲，反而顯露出一種異樣的冷靜神色。

蒂爾德走向丈夫身邊，觀察他的表情，「老公？」

說書人與齊格弗里德在沉默中注視精靈夫婦，他們雙手環胸，等待有人發出一點說話的聲音。

「這件事能有這樣的發展，真是太好了，我原本就不認為事態有多嚴重。」巴蘭德語氣平穩的說：「看在今夜星光燦爛的美景，大家何不拋開種族之分，一起到我家喝茶？」

所有人聽見這句話，不約而同露出了困惑的表情。

如說書人所想，巴蘭德是一個極為喜歡掌控一切的精靈，這也許跟他的個性與身分有關……總而言之，夜之精靈喜歡開宴會的程度，大概就像人類喜歡喝下午茶差不多。

但是，舒瓦茲一副不想參與的樣子，任蒂爾德好說歹說，才願意坐下。

巴蘭德端來茶壺，將深褐色的液體注入空杯，然後遞向舒瓦茲，「你想要早點退席也不是不行，來，把這杯茶喝了，你就可以走了。」

舒瓦茲懷疑地看著他，「貝思也可以跟我一起走吧?」

巴蘭德向貝思瞥了一眼，露出意味深遠的微笑，「那就看你的誠意囉，精靈從來不為難善良的人，這可是我們的諺語呢。」

舒瓦茲不疑有他的將茶一飲而盡。

貝思看見巴蘭德突然冷笑了一下，他回想先前的談話，巴蘭德那時顯露的敵意與現在

一模一樣。然而他卻沒機會和舒瓦茲單獨說話，只能看著對方無力拿著杯子，癱倒在桌子並失去了知覺。

說書人見狀，便問：「巴蘭德，你這是什麼意思。」

巴蘭德一臉冷漠地說：「這是讓他退席的方式，如果你們不來妨礙我的事，就不會遭到跟他一樣的下場。」

齊格弗里德看向蒂爾德，卻在她臉上看到默然無語的神情，好像一切都是在一種默認的情況下發生。

「巴蘭德，你到底想做什麼?」

巴蘭德微笑，「不是我想做什麼，是你的仇敵到底想做什麼。」

說書人沿著巴蘭德的視線看見了貝思。他有些困惑，不曉得這個孩子和巴蘭德有何關係。

「施洛德，我知道你們有許多問題，因為我先前告訴你的故事，其實還有後續。」巴蘭德坐在他平常習慣坐著的主人座，神情從容地說：「從前有一個魔鬼、一個天使，彼此站在對立的角度，他們不瞭解人類的愛，於是魔鬼跟天使打賭，只要得到一個純潔的靈魂，就能開啟天國的大門。」

「魔鬼為了尋找他要的純潔靈魂，過著四處旅行的生活，直到他遇見一名虔信上帝的少女，他接近她，假裝被她降服，專心聽她傳道，讓少女以為魔鬼是可以被改變的，其實他內心嘲笑少女的愚蠢。」

「有一天，他在一個月圓之夜誘惑少女，讓她接受他的吻，他明知少女會因魔鬼之吻而死亡，卻千方百計地陷她於死地。最後魔鬼的計謀終於成真了，然而，魔鬼的悲劇卻在少女靈魂掉下地獄後，殘酷的發生。」

「當他向天使宣戰，天使告訴他，少女向神認罪，祈禱她的靈魂免於墜落地獄，魔鬼得知少女的背叛，並被他所恨的天使詛咒——將在孤獨中飲泣。」

「雖然一切看似是天使的大勝，他卻也與魔鬼打交道而付出代價，失去了神聖的權杖——一對雪白的羽翼，也無法回到天國。然而天使相信，只要他將魔鬼提回天國，他的罪責就能被神饒恕。」

「打賭的事發生在一千年前，現在正是一千年後。天使只要找到魔鬼，就會去毀滅他……魔鬼是我最好的朋友，我不能坐視這件事發生，因此我決定先下手為強。」

說書人這時插話進來：「你說的魔鬼就是指齊格弗里德？」

齊格弗里德憤怒道：「巴蘭德，停止，不准再說了！」

巴蘭德不理會，反而變本加厲地說道：「後來有一則關於天使的傳說流傳於世，墜落的天使為了瞭解人類的感情，於是轉化成凡人，與人類的血液混合。他封印自己的真身，寄宿在人體，直到甦醒的時刻降臨……」

「那麼，你找到天使了嗎？」說書人問。

巴蘭德伸手，高高地指向貝思，「他的一雙黑翼耳，跟當初天使因為犯罪而轉化的黑羽翼一模一樣……齊格弗里德，我會當著你的面了結他，如此一來就沒人能威脅你了。」

貝思抬著下巴，發出冷淡的笑聲，「你以為這樣可以殺死天使嗎？」

「沒錯。」巴蘭德說：「我等你出現已經很久了……我猜你沒有失去一千年來的記憶，而是為了避免成長，消耗大量的能力，讓自己始終維持在小孩的模樣吧？」

貝思笑了笑，「你說對了，那麼你打算怎麼對付我呢？」

巴蘭德臉色陰沉，「雖然天使的能力強大，現在你呈現被封印的狀態，一點反擊的餘地都沒有。」

這時候，擺放茶具的長桌突然傳來一陣激烈的震動。眾人看見倒在桌上的舒瓦茲竟然破除了茶中的藥力掙扎醒來，無不訝異至極。

舒瓦茲顫抖地伸出雙手，把桌上的茶具全數掃到地面，他撐著混濁不清的意識站起身，像攀著水中浮木似的抓住巴蘭德吼道：「你這傢伙，居然敢愚弄我……你想對貝思做什麼？」

巴蘭德看了蒂爾德一眼，「該死，妳餵他吃了沒效的安眠藥嗎？」

蒂爾德聽見丈夫話中的諷刺，就說：「親愛的，我想我們必須把事情說明白。這樣對舒瓦茲有些欠公平，再怎樣說，他是我們的朋友。」

巴蘭德很快就駁回了妻子的說法：「沒那個必要，現在只差一步就可以解決所有事情。舒瓦茲，你最好不要插手，這是我跟貝思的私事，沒你過問的分。」

舒瓦茲聞言，雖然不懂他們到底在說什麼，但是當他回憶貝思說過「幸福的形式不全是具體」的那句話，便無法讓巴蘭德從他面前奪走自己重視的人。

他走向貝思，將其擋在身後，「不行……這小傢伙是我抓來的，我有義務要保護他……恕難從命。」

巴蘭德神情陰暗，「你想跟夜之精靈作對？」

舒瓦茲道：「霧之魔王也不是好惹的！」

齊格弗里德揮揮手，示意巴蘭德住手，「夠了，巴蘭德，你把我這個魔鬼當成什麼了？居然背著我做這些無聊的事，你想害我尊嚴掃地嗎？」

巴蘭德掃視齊格弗里德激動的神情，再看向說書人沉靜的反應，他的唇角微微彎起，「齊格弗里德，你被人類影響得太深了。從前的你不擇手段，急於鏟除對你造成妨礙的絆腳石，怎麼你現在居然會阻止我？」

齊格弗里德被巴蘭德這麼一說，受到莫大的打擊，他不發一語，什麼也不肯回答。但是驅使他改變做法的真正理由，說不定只是因為遵守與說書人的約定，不再濫殺無辜而已。「我就是不要這麼做，而且你怎能證明這個小鬼就是天使？」

巴蘭德聞言，冷笑了一下，「很簡單，只要我破壞他身體的封印就行了。看著吧，就像這樣！」

「我不會讓你這麼做的！」舒瓦茲見巴蘭德手心發出一道強烈的光芒，他忽然抓狂嘶吼地把貝思推開，再用自己的身體擋住巴蘭德的攻擊。

貝思在激烈的光芒中，抓不住舒瓦茲的衣角。他的舉動令貝思感覺震撼，久久不能自已。貝思顫抖地站直身子，憤怒地瞪向舒瓦茲倒在地上的身軀。

「舒瓦茲！你為什麼……為什麼要救我呢？難道你不要你的幸福了嗎？」

貝思呼喊得真切，也令舒瓦茲從昏眩中恢復短暫的意識。

「你不是說過，幸福沒有具體的形式嗎？所以我想……如果我透過你的故事，說不定就能找到我的幸福。不管你從哪裡來，不管你是什麼人，我都希望我們能夠一起找到屬於自己的那份幸福……」

舒瓦茲說完，眼睛再度無力地閉上，再也看不見貝思因為呼喊，進而被滾燙淚水沾濕

臉頰的悲傷表情。

這時，一道刺眼的光芒從貝思身上迸裂開來，在場所有人紛紛用手遮住眼睛，唯獨齊格弗里德與巴蘭德不受影響。

情況急轉直下，導致貝思藉由激烈的感情刺激破壞了封印！

當光芒包圍住貝思嬌小的身體，使其迅速長高變大，最後成為與齊格弗里德為敵的天使・聖艾利爾！

「運氣真差，沒想到巴蘭德的攻擊，居然讓你恢復了真身……總之，我們又見面了。」齊格弗里德走向一個有翼的銀髮男子，同時把雙手插進褲袋，倨傲地別開視線，一點都不想看站在自己面前的天使。

話雖如此，他仍然以眼角輕蔑地瞄了對方一眼。

「那又怎麼樣呢，魔鬼……不，齊格弗里德，要我這樣稱呼你嗎？」全身發出透明的銀光，面孔美麗得懾人心魂的黑翼天使，惡狠狠地看著齊格弗里德，然而後者卻滿不在乎地輕視他，令天使心生不悅。

齊格弗里德走向天使，彎腰向前，低聲說道：「天使……不，神所賜名的聖艾利爾，要我這樣稱呼你嗎？」

天使冰冷的面容，不因齊格弗里德的輕佻舉動有所改變。不過，他微瞇著眼睛，舉起手就往齊格弗里德的臉上摑了一掌。

他盯著金髮魔鬼被自己打落在地的狼狽模樣，深黑色的眸子便浮上一層冷冷的怒火，「都是因為你的罪惡，使我從雲端墜落在俗世之境。你應該知道是誰讓你從不死的火焰重生，又是誰剝奪了你的肉體吧？」

齊格弗里德擦去嘴角沾上的血跡，對天使讚嘆地微笑，「看不出你外表柔弱，內在真是火爆！何不拿起你慣用的長槍，徹底抹殺我這邪惡的根源？」

聖艾利爾示威般振了振背後的羽翼，使其伸展開，發出一道震耳的磨擦空氣聲，「在

夜之國度毫無魔力的你，無異是個廢人。跟我到天國接受審判吧，你始終逃不過神的制裁。」

「哼，聖艾利爾，你說走就走，還真輕鬆愜意呢。難道天國放你長假，讓你想回去再回去？」

被魔鬼的驕傲輕佻激得暴怒的天使，雙眼冰冷地看著躺在地上的魔鬼。

「齊格弗里德，你瘋了嗎？我不准你自尋死路！」巴蘭德箭步上前，隔在聖艾利爾與齊格弗里德中間，他展開雙手，以身體護著背後的金髮魔鬼。

聖艾利爾皺眉，薄唇吐出低沉的怒聲：「夜之精靈，這是我跟魔鬼一千年來的私怨。念在你創造這片美麗國度的苦勞上，請讓開，否則我將制裁你對我不敬之罪。」

「我不會讓開的。」巴蘭德說得斬釘截鐵，沒有眨一下眼睛，聲調穩重地回答道：「我確實想要殺你，因為早在一千年之前，我就決定為了這件事挺身而出。不管你怎麼做，我都站在齊格弗里德這邊……你非要殺死他，能不能用我這條活了兩千年的老命來換？」

齊格弗里德驚訝地看著他，阻止道：「巴蘭德，閉嘴！」

說書人眼神轉向蒂爾德，「這是怎麼一回事？」

蒂爾德看向遠處丈夫的背影，心底痛苦的掙扎著。過了一會，她神情黯然地說：「自從齊格弗里德到夜之國度，而你也跟著過來之後，我們知道這一刻終究會到來……」

「夜之國度是璀璨與幽暗共存之地，亦為善良與邪惡相互衝擊的中立之國。當天使與魔鬼約定一千年後，展開昏天暗地的爭鬥，巴蘭德便決定要拿自己的一條命，去換齊格弗里德的命。」

「妳為什麼不阻止巴蘭德？」說書人抓住蒂爾德的肩膀，用力地搖晃。

「我做不到啊！若不是齊格弗里德救了巴蘭德，他早就死了……因為這份救命的恩情使我們深深覺得，一定要在齊格弗里德有難的時候伸出援手！」

「慢著，這到底是怎麼回事？」此刻，齊格弗里德與說書人異口同聲道。

巴蘭德轉身過去，以嚴肅的目光看向蒂爾德，「親愛的，妳無須多言。我只要妳明白，在這種致命的時候，我最愛的人是妳。」

蒂爾德聞言，雙手合十，視點聚焦在丈夫臉上，「老公，我也愛你，我會永遠記住你強壯的身材，迷人的臉孔，性感的嗓音！」

齊格弗里德臉色發青，流滿冷汗，「拜託……既然是致命的危險時刻，你們還有心情搞這種浪漫的告白！」

說書人一頭霧水，感覺一股悲壯的氣氛，全被這對粉紅甜心夫妻搞砸了，「現在是怎樣，有人可以說事情的重點給我聽嗎？」

巴蘭德適時回應說書人道：「施洛德，請你仔細看他的外貌，是否與一般的天使不一樣?他的黑色翼耳與羽翼，就是他當初犯下與魔鬼交易之罪的證據。」

「天使擁有神賜的智慧，因為這些能力導致他的驕傲虛榮。他聽從神的指令，向魔鬼一族傳達神的旨意，然而他卻從最初的沉默配合，逐漸演變成想與魔鬼對抗爭鬥的強勢作風——這觸犯神的忌諱，並且降下制裁，奪走天使的純白羽色與權杖，才使他警覺犯了大錯，唯一能做的贖罪，就是將魔鬼帶到天國審判。」

說書人重重地倒抽一口冷氣。

聖艾利爾微微低頭，銀色的長髮隨風飄逸。過了會，他抬起頭，神色凝重道：「夜之精靈，我身為神的使者絕不會妥協。你再阻撓我的下場，不是齊格弗里德死，就是你跟他一起死，沒其他選擇了。」

「好吧，但是對精靈而言，所有的生命都是神聖的——包括魔鬼在內。」

「我不懂，你為何袒護他？」聖艾利爾問：「精靈與魔鬼不是同一條道上的伙伴，你們怎麼會有交集呢？」

「讓我來說吧，至少我比任何人都要有立場來講這件事。」蒂爾德柔聲說：「作為一個精靈，永生、智慧與力量象徵他的榮耀，卻也是他的痛苦……有誰知道巴蘭德這兩千年來創造夜之國度，看盡世間一切，他的心靈極度衰老與疲憊，甚至花了很多時間一心想求死……」

「直到他遇見擅長蠱惑人心的齊格弗里德，他透過魔鬼，接觸到俗世的紛爭，四處尋找純粹的靈魂……雖然他們的作為不是以善意為出發點，但卻使我丈夫找到生存的動力。我們夫妻欠了齊格弗里德恩情，不能棄他於不顧！」

說書人懷疑地看著齊格弗里德，很快走上前，頂替巴蘭德的位置，把聖艾利爾逼退一步。

「你想做什麼？」

「不做什麼，只是不希望你殺死齊格弗里德。」說書人輕聲說。

齊格弗里德睜大眼睛，看著說書人，嚷嚷道：「施洛德，你們都走開，不要一個個都這麼愚蠢行不行？在天使手下，沒有幾個人可以避開他的攻擊，我不會感激你們這麼做！」

說書人回過頭，透過巴蘭德粗壯的胳臂，看見齊格弗里德蒼白虛弱的臉龐沾染著月亮銀紅色的光輝。在這種讓人不安的氣氛中，說書人卻忍不住笑了：「我終於明白了，你替我們著想，卻喜歡用粗鄙的方式表達，你心思如此細密，深怕被他人看穿……」

齊格弗里德怒斥道：「誰擔心你！收起那些狗屁不通的道理！我就是不要被你搭救，怎麼樣？」

說書人警告性地瞪了他一眼，「你真是一個大白痴！我阻止他殺你，只是把你當成朋

友看待，你別胡思亂想。」

齊格弗里德氣得大吼：「既然如此，你就少在這裡囂張逞英雄，而且你這是什麼態度啊？」

「不跟你多說了，在管別人的事之前，先顧好你自己吧。」說書人說完，隨即轉頭，眼神溫和而堅定地看著天使。「抱歉，我不能讓你殺齊格弗里德，因為要殺他的人絕不是你，是我。」

「給我一個理由。」聖艾利爾困惑道：「這個魔鬼是光明之敵，是人類仇視的對象，為什麼我在你的眼中找不到一絲憎厭之心，難道你跟夜之精靈一樣被齊格弗里德蠱惑了嗎？」

「不，我其實很討厭他，事實上，我巴不得他不曾存在。」說書人說時，臉色沉悶陰鬱地苦笑道：「他對我亦然。我們互相厭惡彼此，卻比任何人瞭解彼此的心思……就這一點來說，我不能讓你殺他。」

聖艾利爾瞇著眼，充滿困惑費解的惱怒，「像這種下三濫的魔鬼，一點也不值得同

情！」

「我們不是神，做不到毫無仁慈之心的地步，這種事無關正義邪惡，只有我們自己的堅持。」說書人沉默片刻，說道：「齊格弗里德雖然可恨，但是也很可憐，不到他死的時候，我們不會讓任何人帶走他，就算天使也一樣。」

「對。」巴蘭德附和道。

這時，齊格弗里德不再站在兩人身後，而是跑到說書人身旁，以眼神跟隨他的目光變化。

說書人注意到齊格弗里德欲言又止的神情，就對他說：「我雖然討厭你，但是聽到他這麼說你，我竟然感到很不服氣……真正的你是怎樣的存在，全天下只有我最清楚，對嗎？」

齊格弗里德知道說書人這麼做並非憐憫自己，也不是懇求自己，而是打從心底瞭解他身為魔鬼的內在。當他觀察說書人表現出的那份冷靜氣度，他們面對彼此，眼中都有新的體認。

說書人面對神聖不可侵犯的天使，堅決不肯讓他帶齊格弗里德走。那道宣言使在場所有人都為之震撼，更贏得了天使與精靈的注目。

聖艾利爾很明顯吃了一驚，接著他開始細數齊格弗里德的罪狀，包括說書人的幸福是如何被魔鬼摧毀的過程，「我知道你恨他，只要齊格弗里德消失，你就不必受他的連累與詛咒。」

說書人回答的語氣相當平靜，「你的心夠狠，不愧是天使，但是我絕不會讓他死在你手上。」

齊格弗里德意識到聖艾利爾一旦被激怒，所有人將避免不了被波及的下場，他推開說書人，並且掩飾自己的情緒，裝成不在乎一切的樣子。

「你憑本事來殺我吧，聖艾利爾，我們早在千年前就要清算這些恩怨，如果你不動手，只怕這些人會跟你沒完沒了！」

巴蘭德明白齊格弗里德只是虛張聲勢。雖然齊格弗里德已無與聖艾利爾對峙的能力，但口頭上卻倔得不肯認輸。

就在巴蘭德想要挺身而出的同時，說書人的聲音阻止了他的行動。

「聖艾利爾，齊格弗里德並非冷血無情，只是不瞭解愛。無論你相不相信，都請你手下留情。」

「你說對了，我不相信魔鬼竟然與人類產生感情……荒謬。」聖艾利爾既嚴肅又輕蔑的說。

說書人突然失笑道：「你剛才的表情，讓我想起了一些事。我過去也像你一樣痛恨魔鬼，不信任魔鬼……然而我被他吸引，雖然情感上不想承認，但就像那句話所言，『能遮掩光芒的，絕非黑暗，而是受黑暗吸引的光芒本身』。」

「為了使自己慎行真理，讓自己的雙眼淪陷於最深的恐懼……這實在毫無意義啊，神之使者。」說書人搖搖頭，提議的說：「如果你堅決不能放過他，就跟我打一個新賭——期限是一千年，只要我讓齊格弗里德瞭解愛，你就放棄帶他回天國。」

「可能嗎？」聖艾利爾質疑地看著齊格弗里德。

「不可能嗎？」說書人反問。

經過一段時間的沉默，聖艾利爾不知是妥協，抑或被說書人說服，在他柔美的臉上出現天人交戰的神情。顯然他對這個打賭很有興趣，也很想知道人類能否改變魔鬼的本性。

「好，我再等一千年。到那時候，如果一切仍未改變，我絕不留情。」

聖艾利爾說完，轉身便要離去。

「等等！」說書人追到聖艾利爾面前，詢問地看著他，「雖然這可能是我愚昧的看法，不過……身為天使，也該尋找屬於自己的幸福吧？」

「我不是人類，那些東西對我來說也沒意義。」

「也許就像你說的這樣。但是，當你被一個人所做之事深深感動，甚至扣動你封閉在靈魂深處的心，我想那就是幸福的意義。」說書人說完，向他鞠了一躬，轉身回到眾人身邊。

齊格弗里德沒等說書人站定腳步，他氣憤地揪住說書人的領子，罵道：「你憑什麼替我決定打賭的事？我已說過不會感激你了！」

「我知道。」說書人低聲說。

「那你為什麼……」

「你想死的話，我會很樂意幫你一把，但不是現在。」說書人推開齊格弗里德，笑著說：「在那之前要先恭喜你，還可以多活一千年的時間，你不該感謝我嗎？」

齊格弗里德已經很憤怒了，當他被說書人這麼一激又說不出話，只好化作一道閃光，消失在眾人面前。

巴蘭德責備地看著說書人，「你明知他的個性禁不起刺激，他離開夜之國度以後，你該怎麼辦呢？」

說書人面容沉靜，柔聲說道：「讓他去吧，隨後我會去找他的。」

聖艾利爾站在遠處，非常疑惑地望著說書人臉上的笑容。不知為何，他想起說書人最後說的那句話……雖然他相信幸福有許多形式，卻不認為自己能有獲得幸福的權利……當

他決定離開此地，卻看見舒瓦茲僵直的身軀與驚訝的表情。

「那個翼耳的特徵……你是貝思嗎？」舒瓦茲問。

聖艾利爾看向舒瓦茲身旁的蒂爾德，目光有些困惑。

「他沒死，剛才只是昏過去了，巴蘭德從一開始就沒打算傷害任何人。」她解釋：「事情既然和平解決，你何不和我們成為朋友呢？反正這裡已經有個魔鬼，再來個天使也不錯啊。」

聖艾利爾嚴肅冷靜地注視舒瓦茲，見他久久無法從打擊中回神過來，也不打算為自己解釋什麼，過了一會便沉默的掉頭離開。

蒂爾德見舒瓦茲傻傻地站在原地，她用力搥了一下好友的背，「舒瓦茲，你這個大笨頭，他走了啦！還不快去把他留下來？」

「什麼？」舒瓦茲顯然還在出神狀態。

「我叫你去追他，讓他在這一千年的時間，至少有個朋友可以來往……齁，天使就是貝思，貝思就是天使啦！你聽明白了沒有？」

舒瓦茲呆呆地看著蒂爾德，用手比出一個矮矮的高度，「等等，貝思只有這麼高，可是他卻跟巴蘭德一樣高，甚至比我還高耶？」

「我拜託你在這種時候，不要考慮那些無聊的邏輯問題好嗎？」蒂爾德喊道：「限你十分鐘內把他追到手，不然我們這輩子都不要見面了！」

舒瓦茲聞言便吃驚地叫道：「這時間太短了吧？」

蒂爾德受不了地用力推他，「與其吐嘈我說的話，不如馬上行動啊！」

就這樣，舒瓦茲在蒂爾德的催促下，順著鄰近銀霧森林的一條雪地，追著聖艾利爾的足跡，總算見到他漫步的身影。

「等一下！」舒瓦茲氣喘吁吁地喊住他，呼吸急促道：「不管你是誰，我都希望你能住在我的城堡……讓我……讓我略盡地主之誼……呃，不是，我的意思是，因為保護貝思是我的責任，再加上他沒有地方可以去，所以……」

聖艾利爾轉身，「這些話應該去對『貝思』說啊。」

舒瓦茲急道：「我知道你是貝思，雖然我不知道你們發生了什麼事，但對我而言，只要你是貝思，不管你變成什麼樣子都沒關係！」

「你為什麼那麼重視貝思？」

「呃，因為……我想請貝思教導我何謂幸福……希望他能在我身邊。」舒瓦茲清清喉嚨，難為情地說：「像我這種胸無大志的人，如果能聽他說一些有趣的故事，日子才會過得比較不無聊嘛。」

聖艾利爾不如舒瓦茲所想的接受邀請，而是毫不考慮地走進森林。

舒瓦茲重重地嘆氣，他無力地蹲在雪地，感覺有些挫折。然而這時候，他卻看見一道嬌小的身影從森林入口出現。舒瓦茲想也不想，立即朝那人欣喜地喊道：「貝思，是你嗎？」

「我還是習慣用貝思的身分跟你相處……所以花了一點時間變成小孩的模樣。」貝思走近舒瓦茲，朝蹲在地上的他，輕聲問道：「舒瓦茲，不知道你剛才說的話還算不算數？你還願意收留我嗎？」

「當然。」舒瓦茲張開雙手，「我們一起回城堡讀你的故事書……一起去尋找具體與

不具體的幸福，好不好？」

貝思走進舒瓦茲懷裡，讓他輕柔地抱住。

「帶我走吧。」貝思向來陰鬱的眼神，出現夜之國度沒有的溫和陽光。

「去哪裡？」舒瓦茲這遲鈍的傢伙，仍處於驚訝。

「到一個伸手就能掬起幸福的地方，不是在故事書，而是與你相遇的這個世界。」小男孩牽起大魔王的手，臉上綻放出真誠的笑容。

濕潤的雪地，印下兩道並行的足印，並殘留著月亮灑下的光芒……以及，一則述說關於幸福的故事。

尋找幸福的人，將會在美麗的銀霧森林獲得答案。

- Komische Oper -

Neunte Aufzug: Die Siegfried Vesper

Act Nine
魔鬼的晚禱

EINS

NO. 48879

Neunte Aufzug : Die Siegfried Vesper

第一章 魔鬼的晚禱

一場淒然的雨天，讓灰濛濛的雲彩，抹上一層憂愁哀傷的夕色。

說書人撐著傘，站在故鄉弗蘭艾克的墓場，他回憶過去發生的事情，有如一場可笑的悲劇。他溫柔的目光停留在刻有妹妹名字的墓碑上，卻不時抿著唇，使無處不在的黑暗吞噬他的意志。

當規律與不變的時光在暮靄中流逝，說書人聽見遠處教堂傳來鐘聲，隨即看到不少人轉向教堂的方向，雙手合握虔誠祈禱著。

晚風不經意地吹到說書人面前，輕柔地撥開他遮眼的瀏海，露出那雙深邃的灰藍色眼睛。他站在原地，將蓋住臉頰的頭髮往後梳，彷彿已經釋懷一切，想要重新看看面前的世界。

然而，當伊索德那張恬靜的臉龐掠過說書人心底，他望著身後人群祈禱的景象，心想如果妹妹還在這裡的話，也許會與人們一起做晚禱，祈求心靈平靜吧。

他察覺自己不可自拔地沉浸在過去，失笑的搖搖頭。

確實，伊索德是他一生記憶當中，任何人也無法磨滅的心底烙印。不過，現在卻多了一道捨不去的新回憶——

記得那時候，他們在夜之國度解決了魔鬼與天使的糾紛，並且為齊格弗里德爭取到一些時間去瞭解人類的感情，然而那傢伙卻被他嘲弄的一番話氣得拂袖而去。

說書人想到齊格弗里德那張明顯氣炸了的表情，打從心底感到發笑。

後來，他也想跟隨魔鬼的腳步，離開夜之國度回到科米希城。但是他被巴蘭德留了下來，兩人單獨談了一會兒的話。

「施洛德，我想請教你一個問題，齊格弗里德對你而言，到底是什麼？」

說書人沉思道：「我想，他在我心中是可敬的敵人，我沒有理由抗拒或痛恨他。」

「那麼，你決定怎麼看待他？他是魔鬼，你是人，能和平共處嗎？」巴蘭德興奮地低語。

說書人被巴蘭德問得有些不知所措，過了一會兒，他點點頭的說：「當我拋開自己的立場，就決定要比任何人都接近這個矛盾的傢伙。不管他如何避開我，揮開我象徵友誼的手，我還是不會放棄他。」

巴蘭德凝視說書人，沒有回應。

說書人看出巴蘭德的沉默，他解釋道：「當然，也許我會迷惘，但是也會更加努力堅持自己的方向，我只剩下眼前的這條道路，除此之外無處可走。」

巴蘭德露出如釋重負的神情，鬆了口氣，「我本來以為你只是一個冷漠傲慢、不近人情的小伙子，沒想到跟普通人類不一樣……如果是你的話，我願意收回先前對你的評價，把他交給你了。」

說書人回應他一個尷尬的微笑，「照你的說法，我好像應該滿懷感激的收下這份意外

的禮物。」

巴蘭德轉過身背對說書人。

「你知道嗎？齊格弗里德帶著對人類的敵意，穿梭在奢華的俗世，過著放蕩的生活，與受他誘惑的人類上演相同的戲碼——但是，他從來沒有明白自己要什麼，即使他與無數的人類周旋至今，仍不明白人類為什麼歌詠著愛。就在他迷惘的時候，他遇見了你，開始接觸他最討厭卻也最不瞭解的人類情感。」

說書人聽著巴蘭德的說法，他突然意識到，自己與齊格弗里德之間連結著一條命運的線。也是那條線使他們隨著一次次的磨擦，更加瞭解彼此。

「你聽過這麼一句話嗎？只要帶著真誠的心去瞭解魔鬼，人類就可以拯救魔鬼封閉的自我。但是若沒有非常堅定的決心，人類的心會同時毀滅魔鬼與自己的靈魂。」

巴蘭德再次轉身，雙手抓著說書人的胳臂，眼神求助地瞪著他，「齊格弗里德在這漫長的日子當中，始終過著沒有靈魂的生活。拜託你，施洛德……請你將他從悔恨的深淵中解救出來。」

「巴蘭德……」

「他幾千年來對愛情的執著，使他等待一份真誠的愛，卻又害怕受傷害……請你幫助他。」

說書人問：「我辦得到嗎？」

「你的問題，或許在你心裡早就有了答案……雖說這是不可能的事，但是當你認為不可能的同時，才會走上絕望的道路。」

隨著巴蘭德的聲音低落下來，說書人的回憶也在這裡告一段落。就在他沉默的時候，一道腳步聲逼近過來，最後停下。

說書人深吸口氣轉身過去，望著身後那個穿著深黑裝束，一臉陰鬱的男人。

「齊格弗里德，現在正下著雨呢，你怎麼沒有撐傘？」說書人將傘靠了過去，「進來躲雨吧，雖然你是魔鬼不會生病，但也會淋濕的……」

他面無表情地撥開說書人的手，「施洛德，我不需要任何關懷。告訴我，你回到這裡，是否打算過你平淡的人生？」

說書人把傘收了回去，聳聳肩，「或許很難吧，一旦受邪惡勢力的引誘，一輩子將受其影響。」

齊格弗里德的表情變得凝重，「這樣的話，你可以逃避我，只要你走遠了，就可以過著以往那種平凡的日子。」

「是嗎？逃開你？」說書人再次將傘向前移，傘緣遮住了齊格弗里德的頭頂，然而雨水卻從他金色的瀏海滴落下來，「這是一個負責任的魔鬼該說的話？」

「結束吧，我不想再跟你簽契約了。」齊格弗里德甩甩頭，情緒有些激動。

「你要結束的是契約，還是我們的關係？」

兩人互望著彼此，誰也不肯說話。但是當齊格弗里德深沉的目光攫住了說書人，說書人也以略帶訝異的尖銳目光，抓住了齊格弗里德。

「你若希望如此，我會這麼做的，總有一天我會做給你看……當我離開你的時候，也是我生命走到盡頭的時候。」

齊格弗里德被說書人激怒道：「我只希望你有自己的生活，可是你卻這樣威脅我？」

「我只是說實話。」

齊格弗里德生氣地上前一步，他急切的語氣，似乎正在控訴對說書人強烈的不滿，「我已經放下矜持和尊嚴來見你，現在你向我拿翹，到底想怎麼樣？」

「沒想怎樣。」說書人微笑的臉色，略帶嘲笑與諷刺，「我只知道你臉皮比誰都要薄，只肯躲在背後監視我，卻又不肯老實說明白。」

齊格弗里德板著一張冷臉，忍耐地聽說書人把話說下去。

「你躲避我，無法接受我的善意。齊格弗里德，你若想要我的靈魂，應該連我的心都一起接受，對不對？」

齊格弗里德握著拳頭，紅著臉罵道：「夠了，你明知道我只執著你這件事，卻非要逼我說出來，你才會高興嗎？」

說書人輕輕扯動帶笑的嘴角，淡然道：「進來傘下，你會全身濕透的。」

「不必勞駕你擔心，反正我們以後也不會見面了。」

「你要走就走，犯不著一再說要我留你的話。」

齊格弗里德看見說書人的笑容，不知怎麼就是憋不下心頭的一口氣，乾脆懊惱地放聲嚷嚷道：「夠了，事實上你恨我，你跟所有人一樣恨我！既然如此，又為什麼要裝出不在意的樣子？」

說書人嘆了口氣，「你真是個奇怪的魔鬼，不管我怎麼說，你就是不想面對事實。齊格弗里德，你想要我恨你，才能維持我們的關係嗎？」

齊格弗里德站在原地動也不動，直到一陣風吹動他的頭髮，他抓住別在領子的藍寶石，仍然一聲不吭的沉默。

「你記不記得自己對我說過什麼？難道你的心意這麼容易被改變嗎？」

「我知道。」齊格弗里德生氣地駁斥說書人：「我說我會永遠跟著你，直到你把靈魂給我，因為這是我們之間的遊戲……你滿意了嗎？」

說書人瞄著齊格弗里德，見他咬牙切齒的低嘶一聲，這才點點頭，試著把手伸出傘外，好像要摸他的頭，卻又打消主意的收了回去。

齊格弗里德受他影響的揚起目光，隨後轉開視線。

說書人知道，他們因為碰觸彼此的眼神，此刻正在猶豫，也許正在翻找混亂不堪的思緒，好打破這場沉默。

至於齊格弗里德，他原本以為自己將面臨說書人毫不留情的批判，但是當他迎向對方柔和的臉龐時，卻看見一雙灼熱的目光，那是他從未在說書人身上發現的情感。

說書人揚起腳步，停在齊格弗里德面前，使兩人的距離變得相當接近。

齊格弗里德防備地向後退一步，「這種沉默真讓人受不了，你說句話吧。」

說書人深深吸氣，聲音因為長時間的沉默而沙啞，「雖然時間不長，我總算明白自己為何被你吸引……我在你身上找到另一個自己，所以我才無法真正的痛恨你。」

齊格弗里德懷疑地看著說書人，覺得他根本不可能說這種話。

「因此我決定，就算要回科米希，也一定要把你帶回去。只有這樣，我們才能真正結束一切。」說書人說完話，對齊格弗里德露出平靜的笑容，「我們回科米希吧，歌劇之城沒有你這個奢華的魔鬼是不行的。」

「你在求我？」齊格弗里德訝異道。

「不，我在命令你。」說書人滿臉微笑，語氣充滿了強硬。

齊格弗里德板著臉，不以為然的哼了一聲，「你把我當成什麼？隨你呼之即來，揮之即去？」

「好，既然你堅決不要，那我就一個人上路了。」說書人用眼角瞄著齊格弗里德，注意他每一個反應，「齊格弗里德，我真的要走囉。」

「快走吧，我絕不留你！」齊格弗里德轉過頭，倔強地抬起下巴。

「那我走了，再見，齊格弗里德。我若有理想的結婚對象，會派約伯寄信給你，記得參加我的婚禮喔！」

齊格弗里德感覺很不舒服，又氣得想揍說書人，只是對於自己說過的話，他怎樣都改不了口，承認自己想跟說書人走。他真覺得說書人可惡透頂，居然這樣玩弄他的情緒……

說書人緩緩開步，沒多久就聽見身後暴怒的男人吼聲。

「不行，你絕不能走，沒有我的允許，你什麼地方都不能去！」

說書人停下腳步，眼底隨即映入一個全身濕答答的男人身影，特別是那張氣得冒火的

臉頰，此刻充斥著濃烈的妒意。

「你不是說，我們以後不再見面了嗎？」他傾著臉，故意裝不懂的問道。

「我知道我說了什麼……我騙你的，可以嗎？」齊格弗里德的神色惱怒地看向說書人，他抬起下巴，還是一副高傲的語氣，「我還是討厭你，只是沒辦法不管你……好啦，要去歌劇城市，我跟你走，這總可以了吧！」

「看來你本性不壞，還是有好的一面。」說書人高興的微笑，「瞧，這不就是你的一個優點嗎？」

齊格弗里德低吼道：「喂，夠了，別再說了。」

「進來傘下，別再淋雨了。」說書人見天空仍在下雨，便將傘移到齊格弗里德頭上。他看了齊格弗里德一眼，帶笑的灰藍色眸子，釋出憐憫與優柔的光芒。

齊格弗里德沒有說什麼，而是從說書人手中接過傘，跟他並肩離開了原地。

第二章 魔鬼的晚禱

Neunte Aufzug : Die Siegfried Vesper

說書人與齊格弗里德一起回到科米希城。

城裡瀰漫著陽光以及霧氣，對兩人來說是他們喜歡的溫度，這令說書人舒爽地深呼吸，看了看四周，還是跟他去夜之國度之前一模一樣。

「齊格弗里德，我不曾像現在這樣，感覺自己很愛這座城市，要是能一直待在這也不錯，你說呢？」說書人問。

齊格弗里德不置可否地聳肩，但是臉上也有一道淡淡的笑容。

正當說書人感到一切都是那樣美好，他也不再需要糾結過去的這一刻，忽然聽見前方一條小巷子內，傳來一道沉重的笑聲。

說書人本能地向前走過去，他壓下心頭不安的預感，鎮定地看見一個年輕男人的身影緩緩走出巷子，出現在他與齊格弗里德面前。

「終於找到你了，戴維安先生。」

說書人聞言，眼睛不由自主地繞著男人打轉，同時感到吃驚，「奧斯明先生……你……你還在這裡找我嗎？」

「沒錯，因為我曉得你離開這裡，跑去向魔鬼通風報信。但是你遲早要回來的，對吧？」

齊格弗里德疑惑地插嘴道：「施洛德，他是誰？」

帕夏不等說書人回應，眼尖地注意到金髮男人的存在，於是也很困惑地問：「這個跟你在一起的男人是誰？你們看起來感情很好嘛。」

說書人意識到現在是最糟糕的情況——他不想讓帕夏發現齊格弗里德的存在，希望能多拖延一點時間，但是他該怎麼做，才能化解一場沒意義的衝突？

就在他揚起目光，打算走向帕夏之時，身後傳來齊格弗里德的叫聲：「施洛德，他是你的朋友嗎？叫他快走，我們才剛回來，累得很，沒時間跟他聊天！」

帕夏看著面前披著白毛圍巾、一臉傲氣的金髮男人，他心中疑惑地觀察對方的衣著打扮，以及那張能夠誘惑人的面孔，便逐漸勾勒出一個具體的形態，更是他質疑了很久的對象。

「金髮紅眼，黑色的長大衣，代表魔鬼的藍寶石……這到底是怎麼回事，戴維安先生？我覺得事情大有問題。這個男人該不會就是……」

「關於這個，我是該說明。」說書人急切地解釋道：「你可以說我善變，可我就是不准你向他動手，這傢伙是我的，沒人可以在我前面動他半根寒毛。」

「他就是魔鬼？殺害瑪麗安娜的兇手？」帕夏怒吼。

「奧斯明先生，我們不能好好談談嗎？你只要多瞭解他一點，就會明白這一切不單純的內情……」

齊格弗里德隱約從兩人的談話中，聽出了一些端倪。他走上前分開他們，從容不迫地

笑了笑，「原來如此，又是一個被自己的仇恨拖著來找我的傢伙。別再愚蠢下去了，快滾吧，否則我就殺了你，讓你跟那個女人一起作伴。」

說書人冷冷地看向齊格弗里德，「我以為你從良了，沒想到你對人還是這個樣子，說夠的話就請你閉嘴！」

「施洛德，該閉嘴的人是你吧？我不准任何一個人類瞧不起我！」

「你給我閉嘴，讓我處理這件事好嗎？」說書人瞪了齊格弗里德一眼，接著擋在他面前，對帕夏歉然地說道：「奧斯明先生，站在你的立場，我是不該阻止你報仇，但是請聽我說句話。對你而言，他是可恨的魔鬼，但對我而言，他是可憐的魔鬼。」

帕夏雙眼圓睜，臉色因震驚而蒼白，但過了一會兒，他臉上開始泛著憤怒的赤紅色，「你說什麼……我沒聽錯吧？性情殘酷的魔鬼，居然也配得上這個形容詞，真是太可笑了！」

說書人對帕夏投以憐憫的眼光。

帕夏大笑，「可惜太遲了，你想說服我原諒魔鬼嗎？你是自討苦吃！戴維安先生，你

應該跟他劃清界線，回到人類的世界，否則你性命難保。」

「你是這麼想的嗎？身為人類之敵的魔鬼，就不能跟人類成為朋友嗎？」說書人向前跨出一步，聲音朗亮地說：「錯了，你錯了，只要有心，我們仍然可以毫無隔閡的接受彼此！」

「噁心的言論，你們真是變態！」帕夏不認同地啐道。

「慢著！我從剛才默默聽到現在，再也受不了啦！」齊格弗里德掙開說書人的控制，發飆地大吼，「莫名其妙，我的作為還輪不到你這個人類批評！」

「齊格弗里德，你不要說話行嗎？」說書人頭痛道。

「施洛德，你為何處處忍讓這個傢伙？」

說書人握緊拳頭，忍著想揍齊格弗里德的衝動，然後重新整理心情的看向帕夏，「抱歉，但願我能使你明白，他跟我以外的人說話，向來都這樣……」

「你在跟我炫耀你們的友情？」帕夏不以為然地問道。

「不，我跟他之間的關係很難向你解釋，而且我說過，不打算跟你解釋。」說書人舉

手指向帕夏，「我只想勸告你小心一點，你現在被自己心中的魔鬼控制，簡直像著了魔，你沒有察覺到自己變得激動瘋狂嗎？」

「我只是想親手殺了魔鬼！」

「你要殺誰呢？把齊格弗里德殺了，瑪麗安娜能活過來嗎？不，她根本無法就此安息，反而會召喚出你心裡的魔鬼……可以相信我一次嗎？別讓魔鬼從你心裡浮現，我會試著幫助你。」

「你這個人類之敵，企圖瞞騙我真相，跟那些警官說的話一模一樣！」帕夏的表情嚴肅而認真，並且一再抗拒說書人。

然而，說書人在這場激烈的爭執中，突然被帕夏的反應逗得發笑。他知道自己的大笑聲破壞了原有的氣氛，說不定連齊格弗里德都不曾見過他這模樣。

但是這實在太有趣了，他好久沒這樣好好笑過一場。

「這很好笑嗎？」

「對不起，我不是笑你。」說書人忍笑地說：「我發現你的表情似曾相識，後來我才明白，原來你跟我竟是如此相像。當初我不信任任何人，只知道用強硬的手段實現自己要做的事情，後來我經由各式各樣的經驗，明白到仇恨只會滋生出仇恨……因此我想勸你打消復仇的念頭，畢竟這不會有結果的。」

帕夏驚懼地發愣，難以置信地搖搖頭，一點也不相信說書人。

「你在騙我，你想讓我成為魔鬼的俘虜，這是你的計畫吧？」

「在下從來不隨便騙人，如果我要這麼做，理由只有一個……我不願意看到你步上我的後塵。」說書人的回答簡潔而犀利。

帕夏遲疑了一陣子，便像從腦海中找到辭彙，費盡力氣的吼道：「你跟隨魔鬼，又為虎作倀！怪不得你說話狂妄，阻撓我尋求真理，這是你的陰謀！」

「你冷靜一點。」說書人嗅到帕夏渾身散發的怒氣，說明了他正陷入一種狹隘的憎惡中。

「好吧，看在瑪麗安娜的分上，我這次先罷手。但是請你和魔鬼記住，我不會放過你們……一個也不會放過！」

帕夏說完，氣憤地轉身離開，留下說書人與齊格弗里德詫異地對視。

當天夜裡，兩人在城裡找了一間外觀裝潢都還不差的旅館，打算住上一陣子。

說書人不浪費時間，訂房的手續一完成，便迅速拉著齊格弗里德進房。他將自己遇到帕夏的過程簡短地說了一遍，齊格弗里德聽了之後，臉上有些複雜的神情。

「看來我給你帶來不少麻煩。」

說書人自嘲地笑了笑，「你該不會現在才發現吧？事實上，你為我帶來我這一輩子都不願面對的紛擾與難題，不過我習慣了。」

齊格弗里德突然起身，快步走向門邊，好像急著要出去。

「你要去哪裡？」說書人問。

「我去處理一些事情。」齊格弗里德轉過身，神情充滿壓抑的望著說書人，「我不會趁機跑掉的，事情一解決就回來。」

說書人不笨，觀察到他那對血色眸子散發源源不絕的赤裸殺意，心想這傢伙一定是要去找帕夏算帳。於是，說書人目光銳利地責備道：「別傻了，你忘了你答應我不隨便殺人了嗎？」

齊格弗里德露出被揪著痛處的表情，緊抿著唇而沉默。

「回來坐下，哪裡都不要去。」說書人口氣不好的命令著。

齊格弗里德與說書人沉默地對視，他拗不過坐在椅子上的男人的眼神，便無可奈何地走回房間，往一張與說書人位置對稱的椅子重重地坐下。

「你別以為知道我以前的事，就可以對我頤指氣使了！」

「就算如此，你又能怎樣？」說書人故意激怒他：「再殺我一次嗎？」

齊格弗里德瞪了他一眼，接著露骨地舔舔唇邊，一副冷笑的樣子，「有機會的話，我是很想再做一次，不如就在這裡怎麼樣？」

「好啊，我會期待。」說書人神情相當愉悅，然而口氣卻是十足的「你想都別想」。

兩人都知道，他們之間的相處，照慣例總要先來場唇槍舌劍的互鬥，然後才開始談正事。雖然這跟小孩子吵架沒兩樣，但是若有一方吵輸了，還是讓人覺得有點不甘心。

「你這個人還真囉唆，不准我做這個，也不准我做那個，你到底想怎樣？」齊格弗里德靠直椅背，臉仰向天花板，抱怨地說：「雖然我承認，讓我毫不介意說話的人只有你。可是我先聲明，凡是阻礙我行動的絆腳石頭，我都會一腳踢開它，用不著你來指揮我！」

齊格弗里德這句話，當場擊沉了算不上愉快的氣氛。

「你真會說大話，最令我擔心的就是你！」說書人悻悻然道。

「不需要，我只是容不得自己被輕視，包括你。」齊格弗里德蹺著長腿，一副傲慢相，彷彿已能表現出他魔鬼的本色。

說書人臉色軟化下來，「好吧，我知道對你來說，被人類傷害的痛，至今仍然使你耿耿在心……但是你這麼痛恨人類，總該有個原因，除了巴蘭德說的那些以外，還有什麼是我不曉得的嗎？」

齊格弗里德挑眉，「你想知道？」

說書人點頭，「難得我這麼想聽你說自己的故事，你知道該怎麼做吧？」

齊格弗里德面無表情地看著說書人，心裡卻有股刺痛。他瞇起雙眼，一邊從混雜的意識中，摸索出一段他不想記起的回憶，一邊卻將說書人的臉套上另一張熟識的柔美面孔。他一步步地退縮、封閉到一個只有他的意識世界，使他再也沒有偽裝的力量，無法抗拒一股由遺憾、憎恨、懊悔等複雜感情組成的，向人類報復的意念。

不，與其說他想向人類報復，不如說從一開始想報復的對象，就只有那個與天使聯手逼害他的女人。如果不是她，他就不會吃足苦頭、費盡心思還是無法誘惑她……所有的過錯都是那個女人造成的，否則像他這麼才能超卓的存在，有什麼道理要在地獄邊境徘徊？

說書人打量著齊格弗里德沉思的模樣，感覺滿腹疑問。

「你想了這麼久，到底要不要說？」

齊格弗里德回神過來，發出一兩聲咳嗽，道：「沒什麼好說的，你不會理解我的心情，說了等於白說。」

「何以見得？」說書人問。

「好吧，真的要說……其實你還滿像她的，你們都相信我可以被愛改變，還能靠著堅定的信仰戰勝魔鬼邪惡的力量。」齊格弗里德冷笑道：「可惜那個悲傷的女人被我吻過之後毒發身亡，在頃刻間斃命，連一句詛咒我的話都罵不出來，真遺憾。」

說書人臉上掛上嚴肅的表情，「你不應該這麼說那名少女，不應該試探她對你的感情。」

「喔，是嗎？如果她對我有感情，會跑去向天使通風報信，使我徹底失敗嗎？不管怎麼說都已經無法拯救她了，因為那個女人已經到天國安息，這就是她背叛我獲得的代價！」

說書人淡然地拿起擱在桌上的一杯紅茶，淺嘗了幾口才放回去，「繼續，魔鬼。」

齊格弗里德惱怒地瞪了說書人一眼，「別把我當成跟你一樣說書的！」

「真難伺候。」說書人苦笑，「但是你知道嗎？你會如此深刻的記著那位少女，這就是人性中的記恨……恭喜，你越來越像人類了。」

「哼，隨你怎麼說，反正下次再讓我看見那個年輕人，我一定會親手殺了他，讓他為

自己向魔鬼挑戰之事感到悔恨！」

說書人見他張開一對利爪，臉上泛著狠毒的笑容，不禁憂心起來。

「齊格弗里德，算了吧，我知道你是為我著想，不想我被騷擾。」

「胡說，我是為我自己，不是為你！施洛德，你最好記住這一點，別來妨礙我，聽明白了嗎？」

說書人沒有回應，而是沉默地拿起杯子，從杯底的倒影看見自己眉毛皺成一團的模樣，「要是我勸阻你，你是否會即刻離開我，去向那個無辜的人類下手？」

「你很瞭解我。」他說。

「好吧，我明白了。今晚我們先住在這裡，明天再作打算，可以嗎？」

這下換齊格弗里德沒回應了。

說書人觀察他，發現他臉上出現以往那種運用謀略來陷害人的神色，說書人試著打破在場的沉默，卻不知能說什麼而使齊格弗里德打消主意。

不，這或許有點好笑，他想用三寸不爛之舌改變什麼？一個本性邪惡的魔鬼嗎？別開

玩笑了，這根本不可能，連巴蘭德都有心無力，何況是他——說書人深吸一口氣，在心裡祈求神能聽見他的聲音。

如果，他的聲音傳不進天聽呢？

說書人自嘲的想，無所謂，反正他根本不相信神。

到了第二天早上，齊格弗里德離開旅館，嚷著想到街上走走，於是跑了出去。說書人深怕他一抓狂就會鬧出事端，只好像個跟監的走在他身後。

這座城市迎接了一個相當熱鬧的夏天，炎陽驅逐了濃霧，使前來歌劇之城觀光的人群大量湧進城裡，呈現一股生氣蓬勃的景象。

齊格弗里德無懼陽光的照耀，而以一身引人注目的打扮，與陸陸續續進城的行人擦身而過。他停下腳步，薄唇揚起冷淡的笑意，「我說你真奇怪，幹嘛非要走在我後面，難道你就不能再靠近我一點嗎？你不走過來，別人會把你當成跟蹤狂的哦。」

說書人不理齊格弗里德嘲弄的言語，他拉低帽沿，手邊提著皮箱，一副毫無存在感的模樣，與齊格弗里德顯露的貴族氣質相比，真是天差地別。

「你再這樣招搖下去，當心被奧斯明給殺了。」他好心的忠告道。

齊格弗里德聞言，毫不在乎地仰頭大笑，「多謝了，但是要我畏首畏尾的躲藏起來，那還不如把我殺了。」

「不，像你這種邪惡的靈體，頂多只能被驅逐到地獄。過沒多久，你又會出來作亂了。」說書人低聲說。

齊格弗里德被他一句話堵得說不出話，惱羞成怒，「施洛德，不要在我說的話裡挑語病！」

說書人深吸一口氣，發現他們不在乎過去的恩怨，像一對好友般談話說笑，實在不可思議！說書人很想留住這一刻的感覺，雖說他沒想過要怎麼與齊格弗里德相處，不過像這樣子的氣氛也不錯。

「齊格弗里德，關於在夜之國度的事……我想跟你談談。」說書人走上前，與齊格弗里德並肩同行，「記得那時候，我說希望我們暫時休戰，像朋友一樣相處。如果你不再做壞事的話，我跟你保持這種相處模式，也不是不行……」

齊格弗里德停下腳步，但是他沒有回說書人的話，而是冷眼看著站在他們面前的青年身影。

「奧斯明先生……你來做什麼？」說書人警戒道。

「抱歉，打擾你們培養感情的時間。」帕夏從懷中取出一樣閃爍著銀光的物體，接著把它對準齊格弗里德，一臉得逞的微笑道：「先處理我這邊的事如何？你們如果要談話，等你們下地獄之後再慢慢談也不遲啊。」

是銀色的手槍！說書人睜大眼睛，呼吸變得急促，他比誰都清楚帕夏手中的武器若擊發出銀色子彈，再打在齊格弗里德身上會有什麼後果。

整條街上的人紛紛散開，人們不斷議論，就怕面前上演一齣喋血慘案。

「住手，奧斯明先生，你不能這麼做！」說書人勸阻道。

「你再阻止我，就先殺了你！」帕夏暴怒地握緊槍，威脅道。

帕夏・奧斯明的再次出現，對說書人而言真是一場夢魘。他假裝自己不受影響的鎮定，但是面對帕夏的一再逼近，只怕齊格弗里德非但不會罷休，還會想將帕夏除之而後快！

是的，一直到現在，說書人預料的發展都一一在現實中發生了。他試著去阻止兩人見血的衝突，可是他擋不住，只感覺得出雙方一瞬間迸裂出殺意，進而踩著紛亂的腳步聲，發出急躁的吼叫。

他知道齊格弗里德想殺帕夏，而帕夏也想為瑪麗安娜向齊格弗里德報仇，但是他怎麼能夠讓毫無意義的衝突在他眼前發生？

於是，說書人推開齊格弗里德，走向帕夏面前，表情淡定的岔開話題，「奧斯明先生，請聽在下一言。報仇顯然成為你生命中唯一的目標。但是我明白，人們選擇復仇的動機，往往是那份對亡者真摯的感情，你放下執著的恨意，對陷害你的人給予寬容吧，我也是這樣走過來的。」

帕夏不肯聽說書人任何話，就說：「你給我滾開，我不要寬容，我要報仇！」

說書人不死心，「你陷得太深了。」

齊格弗里德伸手抓住說書人，把他的身子轉向自己，「施洛德，我不管你現在要說教還是救人，給我聽好，別來妨礙我幹掉他！」

帕夏大怒，「魔鬼，跟我決一死戰吧！我要用你的血洗去瑪麗安娜靈魂的怨恨，使她在天國能夠安息！」

齊格弗里德聽見這句挑釁的話，立刻走上前，不顧帕夏將槍口朝向他的危險，顯然也被氣昏了頭。

說書人站在旁觀者的角度，看見帕夏臉上的仇恨，宛如當初的自己。再看見齊格弗里德恢復冷靜地逐漸走向帕夏，他卻沒有辦法阻止他們，而且就算阻止，他們還是非殺了彼此不可。

這場殺戮，只有讓一個人流出鮮血才有可能結束——

當帕夏深惡痛絕地瞪著齊格弗里德，他預備按下板機，試圖槍殺金髮魔鬼。

說書人發現他扣板機的動作，立刻不作他想的衝了上去，並以身體擋在齊格弗里德面前，正面承受了帕夏的開槍射殺，最後隨著一陣跌倒的碰撞聲，狼狽地倒地不起。

這一切發生得太快，齊格弗里德根本無從預防。對他而言，這就像一道黑色的暗影潛伏在他身邊，當他意識過來，卻發現野獸無情的利爪刺穿了說書人的心口……但是該被襲擊的人是他，不是說書人啊！

齊格弗里德蹲在說書人身邊，將他的上半身扶起，靠在自己身上，並且聽見說書人低沉的喘息聲。

「施洛德，你還好嗎？」

「你在說什麼傻話……被槍擊有可能覺得很舒服嗎？」說書人看了他一眼，說道：

「都是你呆站在那裡不動，害我挨了這麼一下……下次你可不要再這樣了。」

齊格弗里德臉色發白，他無暇擦去臉上頻頻流下的汗水，只因他感覺此情此景，似曾相識。對了，他有印象，就是在說書人選擇擋在他身前保護他的時候，他的腦海好像掠過了一個畫面，一個很重要的場面。

那個時候，他給予少女「魔鬼之吻」，天使隨後就出現了。當天使的聲音在高空中凌厲地響起，接著引發熊熊的烈火，朝地面狠狠砸了過去。

少女憑藉自己堅定的愛情，戰勝魔鬼之吻的毒效，然而她的悲劇，卻在齊格弗里德承受天使的攻擊之後發生——她挺身而出，為他擋下紋身的烈焰而死！

他將少女抱在懷中，輕觸她的靈魂，一股從未觸摸過的溫暖光芒融進心裡。那是魔鬼無法解釋的感覺，但他知道那是人類特有的感情。

也因為如此，他封印了自己的那一段記憶，不願回想也要保持魔鬼冷酷的本性。

他做了什麼，為何一再令他身邊的人為他付出慘痛的代價？

齊格弗里德臉上出現一道慘澹的笑容，他緊抿的嘴唇，發出雜亂急促的呼吸，「施洛德，你為什麼要保護我，如果我死，契約就無效了，但是你卻……」

說書人沒有回應，而是看向在射擊時，被開槍的後座力彈到地上，現在才站在他面前的帕夏。說書人看見他臉上交錯著驚懼與不信，便對他虛弱的微笑：「奧斯明先生，聽我說……你的心中留有魔鬼的痕跡，假使你出賣靈魂，便會做出令自己懊悔的事。總有一天你會發現，真正的魔鬼其實就是你自己。」

帕夏瞪著說書人，見他將手放在胸口，然而他身上那件純白的襯衫，卻遮不住大片的血跡。帕夏伸出顫抖的手，完全沒想過自己真的開槍殺人。

「戴維安先生，你必須治療你的傷……」

「不，請再聽我說下去。這是我給你的忠告，雖然晚了一點，請你相信我，因為我也差點變成一個可怕的魔鬼……卻不知最大的報復，就是努力創造讓所恨之人想像不到的成就，變成你生命的第二次機會。」

帕夏辯駁道：「我不能原諒自己坐視不管，瑪麗安娜會責備我的懦弱！」

說書人吃力地抬起頭，聲音溫和道：「你錯了，她跟你想的不一樣。對已經安息的靈魂而言，痛苦消散的速度比你想得還快。」

帕夏沉默不語。

「再說，我挨你一槍也算命中注定。當初我欠瑪麗安娜的，現在一次還給你，希望你放下仇恨，過自己的人生……你走吧。」

帕夏點頭，在說書人的注視下，黯然地掉頭離開。

「齊格弗里德，你還在我旁邊嗎？」

說書人撐不起沉重的身軀，此刻他躺在身後男人的懷裡，直到聽見齊格弗里德的呼吸聲，才繼續說道：「很早之前，我就知道我已失去不死的能力，在我死後，靈魂將下墜地獄。如此一來，你會得到遊戲的勝利，你贏了。」

「不用你說我也知道！而且我日夜都在咒你快點死一死，這個畫面不知縈迴在我腦海中幾千幾百次……現在你終於要死了，我開心都來不及……」

說書人發出微弱的驚訝聲，「你怎麼了？為什麼說話語氣有些哽咽？」

「我沒有！」齊格弗里德大聲喊道：「我很想這麼說，但你的死，其實不是我期待的結局……你幹嘛去幫我擋那顆子彈？如果你死了，我要找誰來跟我玩遊戲？」

「齊格弗里德，你真是一點都不成熟，居然在別人快死的時候，還只想到自己……玩遊戲有那麼重要嗎？」說書人無奈道。

「我說過，我是否定的精靈，毀壞和醜惡是我的本性……本來我對人類的死毫無感覺，但是你改變我，要我眼睜睜看你死掉，我不甘心！」

「你……你說什麼？」說書人更驚訝了。

「我知道自己在說什麼，而且，你應該知道我的心裡在想什麼！」齊格弗里德提起說書人染血的手，緊緊握住，「在我被你改變想法之後，我早就不要你的靈魂了，我要你跟我一起在這個世界想辦法活下去……你懂嗎？我要活著的你，不要像現在形如死魚般的你！」

說書人靜靜聽著，沒有說什麼。

齊格弗里德神情惆悵地嘆息，「施洛德，我可以變成晝伏夜出的鬣狗陪你散步，也可以變成旅行的學者，待在你喜歡的晦暗書齋，陪你日夜閱讀藏書……只請求你，不要在這個時候死掉！」

「如果你死了，我會感覺被苦悶和絕望擊倒，我會害怕回到與你相遇前的生活……我不要，我真的不要變成那樣……」

齊格弗里德蹲在說書人身邊，見他勉強地撐起上半身，以及臉上虛弱的微笑，好像真的要死了一樣。

齊格弗里德伸手環住他拱起的肩膀，把自己的額頭輕輕靠在他身上，聲音透露出一絲壓抑的痛苦，「施洛德，在這個骯髒的世界，你一心挽救那些美好的事物，讓我看到人類的愛……或許我還是討厭人類，但透過你的行為，我的想法被一點一點的改變。」

說書人抬起癱軟疲憊的手，輕輕擱在齊格弗里德的背上，拍了幾下。

「金色的魔鬼，你錯了，美好與充滿希望的不是這個世界，是人的心。」說書人柔聲說：「在這段旅程結束的同時，你會帶著我到另一個世界吧？如果你放任我的靈魂四處飄盪，卻不陪著我的話……你就太無情了。」

齊格弗里德看著他，毫不遲疑的給他堅定的承諾：「我不會讓你孤單的。」

說書人沒有回答，唇邊勾起一道苦澀的笑意。他看向齊格弗里德的眼神，則藏著對魔鬼不明的企圖。

「既然如此，我就再相信你一次吧。」說書人抓住齊格弗里德的胳臂，緩緩地爬起身，當他接觸金髮魔鬼眼中的詫異時，打破尷尬地說道：「對不起，我演了一場戲，只為了聽你親口說這些你平常不說的話……怎麼，你很驚訝嗎？」

「我很氣自己的愚蠢！」齊格弗里德看到說書人像沒事一樣的拍拍心口，原來傷口的血早就止了。這副光景讓他氣得破口大罵，「很好，我再也不相信你了！因為你是個狡滑的傢伙，連魔鬼也受不了！」

說書人聳聳肩，無奈地說：「這是你自己修改的契約吧，我一開始也以為自己死定了，怎麼知道後來血漸漸地不再流，而你又說了那些話，所以囉……不過，我倒覺得你這個魔鬼的性格虛妄狂傲，既不肯正視現實，又處處跟我作對。你只是擔心被一個人類打倒，有損自己的形象吧？」

「施洛德，關於這點，我可不敢跟你爭功啊。」齊格弗里德面帶微笑地傾聽說書人的話，接著數落道：「像你這種人，不但處事彆扭，還硬要跟我辯論何謂愛的美好，總是滿

腹經論，非要辯得對方臉上無光才肯罷休。」

「我認為這是我的優點。」說書人直白地回答。

齊格弗里德看著說書人那似陽光般的笑臉，無言以對了。

「我想問你，你執意跟我玩遊戲，只是因為喜歡看到人類痛苦，還是害怕千年來的寂寞？」

「都有吧。」齊格弗里德思索片刻，說道：「當我跟你在一起之後，一點都不感到空虛寂寞，日子過得很有意思……大概是這個原因，讓我對你這個人很有興趣，甚至捨不得殺你。」

說書人淡然道：「那麼，放下你埋藏在心裡的沉重負擔吧，今後的你不再有悲哀，因為事情都過去了。雖然你犯下的錯誤，即使獲得我的原諒，也沒辦法將你的罪責從我記憶中抹去……不過，我知道了一件事。」

齊格弗里德豎著耳朵，認真地聽說書人對他傾訴的話語。此時此刻，他壓抑而深刻的情感表露無疑，再也不需要對說書人隱藏任何感情了。

「我聽過這樣一句話……人類期盼從歷史學到一些教訓，卻無法學會，反而再三重複錯誤……我想，這就是我現在的寫照。」

齊格弗里德皺皺眉頭，對說書人的話感到費解。

說書人笑了笑，接著轉開話題，朝齊格弗里德要求地說：「如果我向你許下一個心願，身為魔鬼的你會答應我嗎？」

「當然，我是無所不能的魔鬼。」

「那麼，三天後的晚上七點鐘，你自己一個人到喜歌劇院。」說書人從懷中拿出一封請柬放在齊格弗里德手上，「這是一封來自說書人的請柬，請魔鬼務必賞光赴約。」

齊格弗里德困惑地看著請柬，勉強點頭，應承了說書人的邀請。

第三章 魔鬼的晚禱

Dritte Aufzug : Die Siegfried Vesper

齊格弗里德帶著那封請柬來到了歌劇院。

晚風輕輕吹拂到齊格弗里德的臉頰，卻未使他心情感到舒爽。也許是因為他這幾天沒有見到說書人，不知道對方現在的情況，顯得有些意志消沉。

不過，當他推開歌劇院的大門後，將會見到說書人。

當齊格弗里德走進門廳，發現一個人都沒有，他猜想歌劇院也許至今尚未開始營業，那麼說書人約他來此地又有何用意呢？就在他沉思的時候，隨即被一個身穿黑色燕尾服的男人叫住。

「先生，你的戲票有帶來嗎？請容許由我帶領你到專屬的包廂欣賞節目。」

齊格弗里德轉過身，看見自己熟識的面孔居然出現在這個地方，他睜大眼睛的表情，令那個男人大笑出聲。

「你、你怎麼會……」他指著綠頭髮的男人低聲道。

男人撥弄他的束髮，指指身上的黑色禮服，暗示的說：「別意外，我今天只是一個平凡的劇院接待員啦！」

「好吧，平凡的接待員，請問你出現在這裡有何原因？像你這麼高大的身材，這麼顯眼的綠髮，還真引人注目哪。」

巴蘭德露出一個像鬼靈精似的微笑，「說出來就沒意思了，總之你有什麼戲票、邀請卡、請柬之類的東西就快點拿出來，我帶你過去。你要知道，沒有你在的舞臺遲遲不能開演，走吧。」

雖然齊格弗里德有滿腹疑惑想問巴蘭德，可是看他一反常態的急性子，只好將請柬交給他。

巴蘭德帶領齊格弗里德前往戲廳，他把沉重的門扉推開，指著被黑暗霧氣瀰漫的寂靜戲廳，要求他唯一的賓客走進去。

齊格弗里德並不在乎這是不是一場胡鬧的惡作劇，所以他在巴蘭德的注視下，面無表情地走過被縹緲的煙霧圍繞的走道，朝向寬廣的無人舞臺。

環繞於舞臺四周的觀眾席，呈現一片黑壓壓的人海，由於被霧氣遮掩的關係，令人看不清劇院真正的面貌。

但，舞臺前方的設計是從前沒有的華麗。除了一道雕刻著金色古典花紋的拱門，還有掛在拱門後的大紅色簾幕，將布景與舞臺後方完全遮住，營造出畫框式舞臺的視覺效果。

齊格弗里德目光著迷地看著眼前奢華的場景，他很懷疑說書人邀請他來這裡，只是要看一場戲，但這樣太費功夫了，況且他也不愛看虛構的戲劇。

被布幕遮住的舞臺後方，隱約傳來深凝莊嚴氣質的歌唱之聲。

巴蘭德如影隨形的跟在齊格弗里德身後，並不急著催促他入座，只是解釋現在準備開場，請他保持愉悅的心情看戲。

這時，裝飾在天頂的吊燈發出亮光，將瀰漫於舞臺上的霧氣打散，垂地的紅色幕簾迅速往左右拉開，射出一道道金色的光暈。

齊格弗里德用手蓋住那些夢幻的光芒，接著聽見一道語調深沉的開場白。

「您好，手持劇場票券的觀眾。這裡是夜之劇院，現在將為您演出一齣由人類與魔鬼共同譜出的歌劇作品，請您靜心欣賞。」

「是的，每個心靈都渴望聆聽一個純淨的聲音，但是卻被迷幻的聲音吸引，不可自拔。那是魔鬼的呢喃聲，他帶著顫音之曲由天而降，為了尋找他所愛的靈魂，於是現身於世。」

「魔鬼以火、光芒、藍寶石來象徵他的榮耀，卻無法把他所愛之人的靈魂帶到天國，於是他遇見了機智聰明的說書人，卻總是被一再捉弄。」

齊格弗里德聽見這些聲音，他感覺腦海裡燃燒著憤怒的火焰，並且急速爬升，奪走他理智的意識，也讓他在突然間萌生了一個決心——他要知道這說話的聲音究竟是誰！

念頭一經萌芽，齊格弗里德揮手散開那惱人的光暈，卻看見眼前由人工打造出來的舞

臺空間。此時古典優雅的音樂緩緩流洩而出，一個影子猶如舞蹈般的跳躍、翻騰，最後舞臺上出現了一個少女。

金色的燈光直接照在少女身上，隨著她輕提裙襬，走向舞臺前方的動作，她的真面目映進齊格弗里德眼中，使他大感吃驚。

因為面前的少女，竟是拋下一切執念到天國安息的伊索德！

她以溫柔的聲音向站在舞臺下的男人說道：「不是凡人之軀的你，可曾向遠在雲端之上的神祈禱？就算一切的無情都顯得殘酷，一切的傷害都使你難以忘懷，即使悲哀，卻還有被藏匿的愛與幸福。」

齊格弗里德睜大雙眼，難以置信地看著少女。

少女繼續誠摯地說著：「齊格弗里德，不要害怕光明的到來。即使人最深的恐懼，是怕自己被黑暗吞噬，然而實際上應該恐懼的是自己的光芒，而非黑暗。因為沒有光，便不會有伴隨而來的黑暗。」

齊格弗里德竭力地想要避開眼前這荒唐的畫面，但卻又矛控制不住地、目不轉睛地看

著舞臺。雖說如此，他仍然掩飾自己激動的情緒，拒絕早就不得不面對的事實，但卻依舊被少女的勸告聲刺痛了理智與感情。

「害怕只會讓你失去更多，不要再逃避，也不要再猶豫了。從對過去的執著解脫吧，因為你還有比那更重要的事要做，就是承認你的心渴望愛的降臨。」

「世人認為魔鬼的性格殘酷，於是毫無條件的憎恨，變成對你理所當然的懲罰，卻不知魔鬼也會追尋幸福。我相信毅力能夠對抗命運的侵蝕，就算你的內心受到痛苦的煎熬，屢遭挫折，可是仍有一個人會支持你，與你共同面對命運的挑戰。」

伊索德說完之後，微微低頭並再次輕提裙襬，走回原先站定的位置。

齊格弗里德閉起雙眼，感受伊索德說的那幾句話，以及彷彿從他心底響起的說書人的聲音。

「齊格弗里德，你因為過去的傷痛，四處勾引人類的靈魂來洩憤，又為了使我留下你的記憶，於是利用深沉的城府算計我的一切，這實在毫無意義。」

「現在我能做的，就是使你明白我想告訴你的心聲。追求幸福的方式不只有一種，你與我為了追求自己眼中的幸福，或許做錯了很多事，然而在歲月旅程留下的印記，卻是無法被磨滅的。」

這聲音如幻滅般消失在齊格弗里德心中，他睜開眼睛，身體一動也不動地瞪著前方出現的兩對佳偶。

住在科米希城，過著甜蜜新婚生活的恩斯特・馮・舒赫與安琴・羅蘭，以及住在遙遠北方之國的李赫諾王子和瑞姬娜公主——他們踩著緩慢的腳步，臉上帶著幸福與沉靜的笑容，走向了前方。

「透過你們兩人，我們知道了過去未曾發現的事。」

安琴與恩斯特微笑地對視，「愛就是珍惜擁有的人事物。」

李赫諾與瑞姬娜緊握彼此的雙手，「愛就是寬容與接納。」

「怎麼可能……不可能的，這些人為何出現在這裡……」齊格弗里德屏息著，以致呼吸有些困難，他不敢去揉自己的眼睛，卻又執意認定這些都是幻覺。

他強迫自己吸了一口涼氣，卻被嗆得不斷咳嗽。

接著，一道陰沉的聲音響了起來，齊格弗里德發覺那與先前的開場白為同一人所有。

他強裝鎮定地聽著從霧影傳出的聲音，心裡不斷期盼人影的出現。

「由於我的信仰，我不能說唯有你相信的才是真理，其他一切都是假的。可是，這些寄存在我們共同記憶的人們所說之言，其實也代表我的心聲。」

齊格弗里德默默站在舞臺前，死死地瞪著逐漸走出濃霧的說書人，雖然他心底受了感動，不過卻不願表達。

說書人從舞臺後方，一直走到齊格弗里德面前，他揚起微笑的神色，眼中盡是溫柔，

「我想你應該明白，我們在這座城市接觸過許多人，藉由他們的故事，我體會到這些日子以來，我的人生並不是過得毫無意義。」

「所謂的人生，就是要不斷的與自己戰鬥，與生活和自由戰鬥，最後獲得愛與幸福，這就是我尋找的真理。」

施洛德在說什麼呢？難道他要離我而去了嗎？

不，我必須抓住這個男人，我絕不讓他走！

齊格弗里德看見說書人那副超脫世俗的淡然神情，他心裡發出極為渴望的呼喊，然而他說不出任何話，只能以沉默回應說書人。

「我將會帶給人們幸福，而且我也頑固地相信，即使你身為魔鬼，也必須在我的幫助下得到幸福，這就是我嶄新命運的使命。」

說書人停了一停，接著才說下去。

「隨著一切的故事推演到最後，我發現自己被詛咒的命運，其實相對有為他人帶來幸福的能力。因此，齊格弗里德，我要感謝你賜給我這個新的命運。我們的遊戲將會繼續下去，我將帶給更多人幸福……直到你也得到幸福為止。」

齊格弗里德聞言，終於擠出了一點聲音。

雖然只有僵硬的笑聲，但是他很努力地想表達出自己的感受，「我從來就不想得到這個世界，我從以前到現在想得到的就只有一樣……你明白嗎？」

說書人瞭解地說：「我明白，你想贏得和天使的賭注，只要我能滿足你的需求，就能讓你獲得勝利。」

齊格弗里德的聲音有些急切：「我不是要這個！」

「那你要哪個？」說書人存心裝不懂的問：「是人類的愛嗎？」

他再次覺得說書人是個可惡透頂的傢伙，「我永遠也不會瞭解愛的！」

「那你為何不來瞭解我呢？這樣一來你就會明白人性了。」說書人跳下舞臺，重新站在齊格弗里德面前，「其實你很渴望，但又礙於自尊不肯面對……所以我請巴蘭德使了一個魔法，一個可以使冷酷的魔鬼感受到人心溫暖的魔法。」

齊格弗里德抬頭看了看說書人，感覺自己臉頰被什麼沾濕了，就連他的眼眶盈著憤怒和悲傷的淚水，他也毫無所覺。

雖然他為自己辯解，語氣充滿自責自怨，然而當說書人以手指抹去他的眼淚，像展示一樣的讓他看見，他再也無法逃避。

「幸福與愛……就是像這種溫暖的東西。只有真正體會，才能明白世上最難尋求的，就是充滿感情的愛。如果沒有這些過去，你就不會接受我的邀請，站在這裡猶豫掙扎。」

「我……不相信，怎麼可能明白……」他還在死命辯解著。

說書人嘆息道：「我知道身為一個魔鬼最害怕的事，莫過於要他發自內心的相信，這悲慘的世界居然有人無條件地愛著他，而這個人也不過是個凡人罷了。你現在改變心意還不遲，齊格弗里德，何不試著尋找屬於你的幸福？你只要放下一切，就會過得比現在矛盾扭曲的生活還要好。」

齊格弗里德重新恢復自我，不再拘泥於形式上的信條，深吸一口氣，說道：「不可能，如果我沒遇見你，那麼我還找得到嗎？如果不曾跟你相遇相識，只怕我不曉得為什麼自己擁有了世界，仍然得不到想要追求的事物。」

「齊格……」

「聽我說完，施洛德，我沒有多少力氣可以跟你說話。」齊格弗里德以阻止的目光看著說書人，「我待在地獄的時候，總是仰望著天堂，放棄向上攀升的機會，寧可墜落到地底，享受放蕩與充滿慾望的快樂，過著各式各樣亂七八糟的生活，因為我不瞭解也討厭那些正面向善的事物。」

「只有你，是我竭盡全力，仍然無法掌握在手裡的東西。我一直以為在你心裡充滿了

對我的憎恨，當你對我這麼說時，居然讓我不知如何是好……」

說書人搖搖頭，「齊格弗里德，你仰望天堂，正是說明你想追求真誠善良的美好事物。」

齊格弗里德臉色軟化下來，變得柔和，「說不定，我真正想追求的不是什麼真善美，而是透過你的心觸及這個世界……如果沒有與你相遇，沒有這些遊戲，我可能還會一直嘲笑人類下去。」

「告訴我，你被我的心改變了嗎？」說書人問。

「或許吧……但是我知道，我要的不是什麼真理，而是你。」

「這樣的話，你要不要再跟我簽一次契約？這一次，我們再來一場遊戲……」說書人將手伸向齊格弗里德，「決勝負的條件是，誰先逃跑，另一個人有權處置輸家。」

「我們多的是時間可以慢慢玩。」齊格弗里德露出釋懷的微笑，「直到你打倒我為止，施洛德……」

「那麼，跟我一起到舞臺上吧，這場戲是該謝幕了。」說書人邀請地伸手到齊格弗里德面前，「今晚的舞臺只有一名觀眾，那就是你，齊格弗里德。」

齊格弗里德眨眨眼，恍然大悟的環視觀眾席，發現黑壓壓的人影已經消失，先前的那片景象，也許只是巴蘭德使出的幻影罷了。

兩人登上舞臺，巴蘭德叫住了他們。

他扣響手指，令金色的光暈圍繞在兩人身上，當光暈消失，說書人與齊格弗里德原有的衣服被全新的西裝禮服取代，顯現一副華麗整齊的氣質。

巴蘭德暗示地對齊格弗里德耳語道：「去吧，抓住他的手，不要再放開了喔。」

「誰、誰要你多管閒事！還有我頭上怎麼有頂高禮帽，一點都不好看！」齊格弗里德惱怒地摘下帽子，心裡曉得這也是好友的惡作劇。

巴蘭德隨著他們跑上舞臺，對著沒有人的席位，朗聲道：「各位觀眾，歡迎欣賞今天的特別節目，由人類與魔鬼共同擔綱演出的《幻影歌劇》，讓我們一起見證這個魔幻的舞臺！」

這時候，齊格弗里德在巴蘭德的唸詞聲中，轉頭看向說書人，朝他露出一道釋懷的微

笑，「這場戲像齣胡鬧的鬧劇，挺有意思的。」

「人生就是這樣的。」說書人道：「怎麼樣，要跟我簽契約嗎？」

齊格弗里德握住說書人的手，接受了他的挑戰，坦然面對說書人的邀請。

「只要你有貪婪的慾望，我就可以實現給你的承諾。」

「那麼，我希望你在這個世界成為我的朋友，將來我若輸了，我將追隨著你。不管是在這個世界，還是另一個世界。」

「你是說真的，或者又跟我開玩笑？」

「是真的，我現在說的都是真話。」說書人面露苦澀的笑容，「因為你的關係，我在這個世界連一個朋友也沒有，我現在向你許下這個願望，應該不過分吧？」

「你要我為你實現這個心願不難，但是你不怕下地獄，就此成為我的禁臠嗎？」

「我認為你只是找理由接近我。事實上，你已決定永遠不提走我的靈魂了，對不對？」

齊格弗里德愣了一下，看見說書人帶著自信的笑容，他居然說不出話。過了會才失笑地說：「很好，繼續這麼想吧，直到事實改變你的想法為止。」

他們達成了協議，不像過去那樣，只為彼此的需要才簽下契約，而是真心地訂下相約的誓言，再也不需要違背。

說書人挑眉微笑。

「真沒辦法，看來我只好繼續陪在你身邊了。」齊格弗里德轉開視線，一副很無奈的臉色。

說書人糾正齊格弗里德的說：「慢著，你說錯了，不是你陪我，是我陪你。」

「施洛德，你連這個都要跟我爭啊？」

「因為這是我跟你存在的意義，不是嗎？」說書人認真地說。

齊格弗里德滿腹牢騷的看著說書人，沒過一會，隨即笑了起來，那是一個令人看了會驚訝得想揉眼睛的開懷笑容。

「有什麼好笑的，我從沒看你這麼笑過。」

說書人看齊格弗里德笑得連話都說不出來，只能朝他搖手的模樣，讓人感覺有些摸不

著頭緒。

但是過了一會，他的臉上也出現一道淺淺的微笑……雖然看起來像是揉合了難為情與無奈一樣的表情，不過說書人知道自己也笑了。

而在此時，說書人拿在手中，一朵繫著紅緞帶的藍玫瑰，漸漸變為紅玫瑰。

沒有人發現玫瑰顏色的改變，說書人與齊格弗里德也沒有發現，或許他們都不知道，這代表了齊格弗里德加諸在說書人身上的詛咒已經消失，也似乎意味著，以往寄存在說書人心中，那份無法與心愛之人結合的願望，這一次終於能夠實現。

兩人相視微笑後，互問：「我們在笑什麼？」

齊格弗里德想了一下，答道：「不知道，我突然打從心底想大笑一場……就是沒來由的想笑。」

說書人聳肩地說：「我也是……還以為我想到你的時候，都只有討厭的回憶，現在想想也不盡然如此。」

這時，巴蘭德站在兩人身後，拍了拍他們的肩膀，非常興奮地插嘴說道：「我想我不應該打擾你們，但是……你們兩人看起來的感覺，有點像吵架和好的朋友，這種清爽的氣氛真不錯！」

齊格弗里德本來想像以前那樣說些否認的話，但是當他看到說書人默認的微笑神色，他也跟著難為情了起來。

劇院舞臺的融洽氣氛，到達最愉悅的一個頂點，從戲廳門口的走道外面傳來了大喊聲：「無人的歌劇院居然有音樂響起，一定是棲息在歌劇院的魔鬼出現了！」

巴蘭德對兩人說：「哎呀，我忘了在大門那邊貼上告示，叫那些人類不要闖進來……你們還是快點離開這裡，讓他們去驚慌失措吧！反正這是一齣幻影歌劇，演員全體消失也沒啥好奇怪的。」

說書人對齊格弗里德伸出手，催促地說：「我們走吧！」

「要……去什麼地方？」齊格弗里德茫然無知地看著說書人。

說書人見齊格弗里德站在原地，一副愣愣的模樣，於是便主動攀住他的手，拉著他，在巴蘭德的注視下逃出了歌劇院。

「去什麼地方都好，不管是這座歌劇城市，還是冰雪之地，甚至去精靈的國度，充滿白霧的森林，哪裡都有我們留下的蹤跡……」

兩人一邊跑，一邊開始爭執地交談。

「你還記得嗎？你一見到我的時候，曾經說過人的感情不值幾個錢，人的心情會隨著時間流動而消逝……現在你還這麼認為嗎？」

「嗯，人是最深不可測的生物，就連掌握人心的魔鬼都要甘拜下風。」

「你說得對，但是深不可測的不是看似站在人類一方的說書人，也不是身為人類之敵的魔鬼……而是藏在我們彼此，那難以解讀的心。」

齊格弗里德喘了口氣，凝神專注地盯著說書人，問道：「好吧，我只問你，你要到什麼時候才會明瞭我的心情？」

「這個嘛，也許我到死都不想明白。但是我想，總有一天我會主動瞭解的。」

齊格弗里德沒好氣的嘖了一聲，「對了，我突然發現你說要跟我玩遊戲，卻把整個遊戲以我會輸給你的情況論定，這未免太瞧不起我了吧？你早已經對我的想法瞭若指掌，卻抵死不承認。」

「你現在才曉得啊？」說書人捉弄他的笑了笑。

「我就知道，你是個藏了一肚子壞水的傢伙，果然人類都像你一樣！」

「那可不一定。」

齊格弗里德猶豫了一下，又問：「那，你要什麼時候才願意對我講明白？」

說書人答：「這個嘛……也許到該講的那一天，我就會講了吧？」

「可惡！不要再讓我耗費耐心的等下去了，現在就告訴我！」

「如果你願意輸給我，我就把答案告訴你。」

齊格弗里德愣了愣，問：「什麼意思？」

說書人一副顧左右而言他的態度，「算了，等我想到的那一天再說吧。」

隨著兩人一來一往的爭吵對話，他們的身影融入破開濃霧的月光，消失在黑夜之中——

幻影歌劇～夜之頌～完

Neunte Aufzug：Die Siegfried Vesper
魔鬼的晚禱・第三章

感謝各位觀眾，你們終於欣賞到這齣《幻影歌劇》的最後一幕。

在紅色幕簾降下之際，該是與各位道別的時間了。

不過，在此跟各位分享一個古老的傳說。

從前有一個與魔鬼簽下契約的男人，他為了嘗盡人世間的愛恨情仇，答應魔鬼，死後將把靈魂歸給魔鬼所有。

有人說兩人一起看遍人世紛爭，最後雙雙沉淪地獄，得到靈魂永遠不滅的懲罰。也有人說，男人無法得到渴望的愛情，在絕望悔恨之餘，被魔鬼用黑斗篷裹住身體，一起飛上了天際。

當然，沒有名字的說書人與無所不能的魔鬼，他們兩人後來的發展，想必是各位觀眾極為關心的話題。雖然沒人知道他們的去處，但是也許有一天，閣下會在某種巧妙的場合，碰到操弄人心的魔鬼。

請不要擔心，痛苦是暫時的。因為黑夜過去之後，晨曦終究會到來。

只要您的心被魔鬼誘惑，那個與魔鬼進行遊戲的男子，將會把幸福帶回您的身邊……

或許那個時候，他的樣子也會有所改變，不再是最初的模樣……

誰知道呢？

當然，現在就把這場遊戲的選擇權，交給觀賞這齣歌劇的您，舞臺的發展由您決定。

是要降下紅色簾幕，或者再開始一場未完的戲劇？

別忘了，沒有時間限制的「遊戲」從現在開始，中途逃跑的懲罰可是很重的哦。

請握好您身邊那個人的手，接受「人生」突如其來、沒有預告的劇碼。

若是有緣，我們就在另一齣《幻影歌劇》中再會。

Auf Wiedersehen！

幻影歌劇～全劇終

Komische Oper 作者後記

這是最後一次寫作者後記了。

謝謝讀者長久以來的支持，這套作品很順利的完結了，都是有你們有形或無形的肯定，讓我可以把這部長達五年的作品以完整的面貌呈現出來。

不過，這其中還有一些故事是我想再好好表現出來，讓讀者能夠接觸到的部分。像是時間點發生在《公主夜未眠》後，施洛德與齊格弗里德遇上潛藏在古堡的美女吸血鬼，進而展開一場假面舞會的故事，我就很希望用小說或漫畫的方式和各位見面 :)

當然還有各式各樣的遺珠題材，預計會跟讀者在不同於商業誌的場合上見面，雖然並

作者後記

不是近期，但我相信有朝一日會完成的，因為我對《幻影歌劇》的愛還很濃厚，和各位先在這裡約定了！

在這裡談點作品出版之前的小秘密（？）其實也不算什麼秘密，眼尖的讀者應該都能從劇情中發現，本作一點都不輕鬆有趣，反而薔薇花越開越盛的現象吧？

在作品出版前，我原本要寫成女性向十八禁的內容，後來得知要出版之後，還跟第一任編輯談及這方面，被下了「不要寫床戲一切都好辦」的命令（笑翻）。

以下是我自己為《幻影歌劇》做的五項評比：

◆回顧過去的集數，最喜歡的單元。

《綺想曲》以及《魔鬼的顫音》，兩本書被我重複翻閱的次數最多。

◆寫作時間最短及最長的單元。

《公主夜未眠》以及《夜之頌》，後者足足拖了兩個半月，前者卻只花二十天就寫完了。

◆最喜歡的喜劇和悲劇單元。

《被遺忘的歌劇》以及《魔女的紡紗歌》。

◆最喜歡和最悲情的配角。

最悲情的莫過於《魔女的紡紗歌》的皇帝歐羅夫斯基，原本有一段他和席爾貝爾的對手戲，可惜劇情太擠所以刪掉了。

最喜歡的當然是出場數次的歌劇院經理，梅瑟先生！

◆在寫作時，最常聽的作業BGM。

Danse Macabre（Duel）

Symphoy No.9～Molto vivace

Symphoy No.9～Presto; Allegro assai

後記寫到這裡，謝謝大家閱讀本作品，有緣再見！

讀者好，我是綠川明。
感謝您閱讀完《幻影歌劇》
道本作品是否有帶給您
樂趣呢？
想著畫張完結紀念圖，
浪上公開徵求意見，最後把
們加以融合（？）
成現在這樣（笑）

說書人與魔鬼的旅程
每位讀者的心中持續下去，
希望以後還能在其他作品中
位相見。Auf Wiedersehen！

2012 OCTOBER

新星作者**竹某人**＋ 超可愛畫風繪者**MO子**

不容錯過的歡樂逗趣與驚奇幻

因為……

神仙也瘋狂的啦

芙蓉仙傳

她是天地精華所生的仙子，備受眾神寵愛，
然而……有沒有哪個仙人的興趣是**炸**丹爐的啊？！
於是，為了償還自己日積月累破壞公物的「債務」，
她得下凡去幫助凡人渡劫……

——這是歷練，更是還債大挑戰

★更多詳細內容請搜尋★ 不思議工作室_ 立即搜尋

典藏閣 采舍國際 www.silkbook.com

飛小說系列030

幻影歌劇07-夜之頌（完）

出版者■典藏閣
作　者■烏米　　繪　者■綠川明
總編輯■歐綾纖
製作團隊■不思議工作室
郵撥帳號■50017206 采舍國際有限公司（郵撥購買，請另付一成郵資）
台灣出版中心■新北市中和區中山路2段366巷10號10樓
電　話■(02)2248-7896　　傳　真■(02)2248-7758
物流中心■新北市中和區中山路2段366巷10號3樓
電　話■(02)8245-8786　　傳　真■(02)8245-8718
ISBN■978-986-271-248-1
出版日期■2012年08月

全球華文國際市場總代理／采舍國際
地　址■新北市中和區中山路2段366巷10號3樓
電　話■(02)8245-8786　　傳　真■(02)8245-8718

新絲路網路書店
地　址■新北市中和區中山路2段366巷10號10樓
網　址■www.silkbook
電　話■(02)8245-9896
傳　真■(02)8245-8819

☞您在什麼地方購買本書？☜

☐便利商店__________ ☐博客來 ☐金石堂 ☐金石堂網路書店 ☐新絲路網路書店

☐其他網路平台__________ ☐書店__________市／縣__________書店

姓名：__________ 地址：__________

聯絡電話：__________ 電子郵箱：__________

您的性別：☐男 ☐女

您的生日：__________年__________月__________日

（請務必填妥基本資料，以利贈品寄送）

您的職業：☐上班族 ☐學生 ☐服務業 ☐軍警公教 ☐資訊業 ☐娛樂相關產業

☐自由業 ☐其他__________

您的學歷：☐高中（含高中以下） ☐專科、大學 ☐研究所以上

☞購買前☜

您從何處得知本書：☐逛書店 ☐網路廣告（網站：__________） ☐親友介紹

（可複選） ☐出版書訊 ☐銷售人員推薦 ☐其他

本書吸引您的原因：☐書名很好 ☐封面精美 ☐書腰文字 ☐封底文字 ☐欣賞作家

（可複選） ☐喜歡畫家 ☐價格合理 ☐題材有趣 ☐廣告印象深刻

☐其他__________

☞購買後☜

您滿意的部份：☐書名 ☐封面 ☐故事內容 ☐版面編排 ☐價格 ☐贈品

（可複選） ☐其他

不滿意的部份：☐書名 ☐封面 ☐故事內容 ☐版面編排 ☐價格 ☐贈品

（可複選） ☐其他

您對本書以及典藏閣的建議__________

____

____

✌是否願意收到相關企業之電子報？☐是 ☐否

✍感謝您寶貴的意見✍

✌From__________@__________

♦請務必填寫有效e-mail郵箱，以利通知相關訊息，謝謝♦

印刷品

$3.5

請貼
3.5元
郵票

不思議信箱
FUSIGI POST

235 新北市中和區中山路二段366巷10號10樓

華文網出版集團　收

（典藏閣－不思議工作室）

幻影歌劇
-夜之章-
-Komische oper-
END